Künstliche Evolution 2050 – Der Preis der genetischen Optimierung

ALEXANDER ARMIN

INHALTSVERZEICHNIS

1
Der Aufbruch in eine neue Ära

1.1 Lena betritt das Genetik-Institut

Der Morgen war kühl, als Lena die gläsernen Türen des Genetik-Instituts durchschritt. Ein Gefühl der Aufregung und Nervosität überkam sie, während sie den modernen Empfangsbereich mit seinen holografischen Displays und dem sanften Licht betrat. Hier, in diesem Zentrum der Innovation, sollte ihre Karriere einen entscheidenden Wendepunkt nehmen.

„Lena! Du bist pünktlich!" rief Dr. Weber, ihr Mentor, als er sie entdeckte. Sein Gesicht strahlte vor Begeisterung. „Wir haben viel zu besprechen."

„Ich kann es kaum erwarten", antwortete Lena und versuchte, ihre Unsicherheit zu verbergen. „Was steht auf dem Plan?"

Dr. Weber führte sie in ein Besprechungszimmer, wo bereits einige ihrer Kollegen warteten. „Heute beginnen wir mit den ersten Tests unserer neuen CRISPR-Technologie", erklärte er und deutete auf einen großen Bildschirm, der die neuesten Forschungsergebnisse anzeigte.

- **Genetische Modifikationen:** Verbesserung von Fähigkeiten wie Intelligenz und körperlicher Fitness.
- **Ethische Überlegungen:** Die Grenzen zwischen Menschlichkeit und Optimierung.
- **Künftige Herausforderungen:** Der Einfluss von Konzernen auf die Forschung.

Lena hörte aufmerksam zu, während ihre Kollegen lebhaft diskutierten. Doch in ihrem Inneren nagte eine leise Stimme an ihr: Was geschah mit den Menschen, die sich gegen diese Veränderungen wehrten? Ihre beste Freundin Mia hatte oft gewarnt: „Wir spielen Gott."

„Lena? Was denkst du darüber?" fragte ein Kollege sie direkt und riss sie aus ihren Gedanken.

„Ich… ich denke, wir müssen vorsichtig sein", stammelte sie und spürte die Blicke der anderen auf sich gerichtet. „Es gibt so viele ethische Fragen."

Dr. Weber nickte zustimmend. „Das ist wichtig! Wir müssen sicherstellen, dass unsere Arbeit nicht missbraucht wird." Seine Worte hallten in Lenas Kopf wider – ein Vorbote für den Konflikt, der noch kommen sollte.

1.2 Erste Begegnung mit dem Projekt

Lena nickte nervös, während sie die verschiedenen Apparate betrachtete. „Was genau soll ich tun?" fragte sie und versuchte, ihre Aufregung zu zügeln.

„Du wirst an der Vorbereitung der CRISPR-Tests arbeiten", antwortete Dr. Weber und lächelte ermutigend. „Wir haben einige Zellen isoliert, die wir modifizieren wollen."

Ein Kollege namens Felix trat näher und fügte hinzu: „Es ist wichtig, dass du genau arbeitest. Jeder Fehler könnte fatale Folgen haben." Sein ernster Ton ließ Lenas Herz schneller schlagen.

- **Vorbereitung der Proben:** Sorgfältige Handhabung ist entscheidend.
- **Datenanalyse:** Ergebnisse müssen präzise dokumentiert werden.
- **Sicherheit:** Schutzmaßnahmen sind unerlässlich.

Lena atmete tief durch und begann mit den Vorbereitungen. Während sie konzentriert arbeitete, hörte sie Felix mit einem anderen Kollegen diskutieren: „Ich mache mir Sorgen über die ethischen Implikationen dieser Technologie."

„Das ist nur der Anfang", erwiderte der Kollege skeptisch. „Die Welt wird sich verändern, egal ob wir es wollen oder nicht."

Lena fühlte sich unwohl bei diesen Worten. Sie wollte Teil einer positiven Veränderung sein, aber was war der Preis? Als sie eine Probe in das Mikroskop legte, spürte sie den Druck auf ihren Schultern wachsen.

„Lena! Wie läuft es?" rief Dr. Weber aus dem Hintergrund und riss sie aus ihren Gedanken.

„Ich… ich komme voran", antwortete sie zögerlich und versuchte, ihre Unsicherheit zu verbergen. Doch in ihrem Inneren wusste sie, dass dies erst der Anfang eines viel größeren Konflikts war – zwischen Fortschritt und Verantwortung.

1.3 Zweifel und Faszination

Während Lena in das Mikroskop blickte, überkam sie ein Gefühl der Unsicherheit. Die Zellen, die sie gerade untersuchte, waren nicht nur biologische Proben; sie waren Träger von Möglichkeiten und Risiken. „Was, wenn wir etwas Unumkehrbares tun?", murmelte sie leise zu sich selbst.

Felix, der neben ihr stand, bemerkte ihre Besorgnis. „Du scheinst nachzudenken", sagte er mit einem schiefen Lächeln. „Ist alles in Ordnung?"

„Ich weiß nicht", antwortete Lena zögerlich. „Es fühlt sich an, als ob wir an einer Grenze stehen – zwischen dem, was möglich ist, und dem, was moralisch vertretbar ist."

Felix nickte verständnisvoll. „Das ist ein berechtigter Zweifel. Viele von uns haben ähnliche Gedanken." Er machte eine kurze Pause und fügte hinzu: „Aber denk daran: Wissenschaft hat immer auch ethische Fragen aufgeworfen."

- **Faszination für Fortschritt:** Die Möglichkeit, genetische Krankheiten zu heilen.
- **Zweifel an den Konsequenzen:** Was passiert mit den nächsten Generationen?
- **Ethische Verantwortung:** Wie weit dürfen wir gehen?

Lena sah auf die Geräte um sich herum und spürte eine Mischung aus Ehrfurcht und Angst. „Ich wollte immer Teil von etwas Großem sein", gestand sie. „Aber jetzt frage ich mich: Ist es wirklich das Richtige?"

Dr. Weber trat näher und hörte das Gespräch mit an. „Jeder Wissenschaftler hat diese Zweifel", sagte er ruhig. „Wichtig ist, dass wir uns diesen Fragen stellen und verantwortungsvoll handeln."

Lena fühlte sich durch seine Worte bestärkt, aber die innere Zerrissenheit blieb bestehen. Sie wollte die Welt verändern – aber zu welchem Preis? Während sie weiterarbeitete, spürte sie den Druck des Wissens auf ihren Schultern wachsen.

„Wir müssen sicherstellen, dass unser Fortschritt auch ethisch vertretbar ist", fügte Felix hinzu und sah Lena direkt in die Augen. „Sonst könnten wir mehr Schaden anrichten als Gutes."

Lena nickte langsam und wusste tief im Inneren: Diese Reise würde nicht nur ihre Fähigkeiten als Wissenschaftlerin testen, sondern auch ihren moralischen Kompass herausfordern.

2
Alte Freunde, neue Sorgen

2.1 Mia warnt vor den Risiken

In einem kleinen, schummrigen Café in der Innenstadt saßen Lena und Mia an einem Tisch in der Ecke. Der Geruch von frisch gebrühtem Kaffee lag in der Luft, doch die Stimmung war angespannt. Lena starrte auf ihre Tasse, während Mia sie eindringlich ansah.

„Lena, du musst verstehen, dass das, was du tust, nicht ohne Konsequenzen bleibt", begann Mia mit fester Stimme. „Die genetische Optimierung mag verlockend erscheinen, aber hast du dir jemals überlegt, was das für die Gesellschaft bedeutet?"

Lena seufzte und sah auf. „Ich will nur helfen! Die Menschen leiden unter Krankheiten und Einschränkungen. Wenn ich etwas bewirken kann…"

Mia schnitt ihr das Wort ab: „Aber zu welchem Preis? Du spielst mit dem menschlichen Leben! Denk an die Ungleichheit, die dadurch entsteht. Es wird eine Kluft zwischen den Optimierten und den Naturbelassenen geben."

- Verlust der menschlichen Vielfalt
- Ethik der Manipulation
- Gesellschaftliche Spaltung

Lena schüttelte den Kopf. „Das sind alles hypothetische Szenarien! Ich arbeite an Lösungen!"

Mia lehnte sich vor und senkte die Stimme: „Und was ist mit dem Konzern? Glaubst du wirklich, dass sie deine Forschung für das Wohl der Menschheit nutzen werden? Sie wollen Macht und Kontrolle."

Lena fühlte sich unwohl bei Mias Worten. „Ich vertraue darauf, dass wir es richtig machen können", murmelte sie.

Mia sah sie ernst an. „Du bist klug genug, um zu wissen, dass es nicht so einfach ist. Was passiert mit dir selbst? Wirst du Teil des Systems oder wirst du kämpfen?"

Ein Moment des Schweigens fiel über sie beide. Lena wusste tief im Inneren, dass Mia recht hatte – die Risiken waren real und bedrohlich.

2.2 Diskussion über Ethik und Wissenschaft

Im selben Café, in dem Mia und Lena saßen, gesellte sich nun auch Jonas zu ihnen. Er war ein alter Freund von Lena und hatte immer ein offenes Ohr für ihre Ideen. „Ich habe euer Gespräch mitgehört", begann er, während er sich setzte. „Es ist ein heikles Thema, das ihr da ansprecht."

Mia nickte zustimmend. „Genau! Die ethischen Implikationen der genetischen Optimierung sind enorm. Wir müssen darüber diskutieren, bevor wir weitergehen."

„Aber was ist mit den Möglichkeiten?", fragte Jonas und sah zwischen den beiden hin und her. „Stell dir vor, wir könnten Krankheiten ausrotten oder Menschen helfen, ihre Fähigkeiten zu verbessern!"

Lena lehnte sich zurück und überlegte. „Das klingt verlockend, aber ich verstehe Mias Bedenken. Was passiert mit denen, die nicht optimiert werden können? Werden sie als minderwertig angesehen?"

- Die Gefahr der Diskriminierung
- Verlust des menschlichen Wesens
- Die Verantwortung der Wissenschaftler

„Und was ist mit der Verantwortung?", fügte Mia hinzu. „Wir können nicht einfach die Natur manipulieren, ohne die Konsequenzen zu bedenken." Sie sah Jonas eindringlich an. „Was wäre, wenn wir etwas schaffen, das wir nicht kontrollieren können?"

Jonas schüttelte den Kopf. „Aber es gibt bereits Technologien wie CRISPR! Wir nutzen sie schon jetzt zur Bekämpfung von Krankheiten." Er machte eine Pause und fügte hinzu: „Wir müssen nur sicherstellen, dass es verantwortungsvoll geschieht."

Lena fühlte sich hin- und hergerissen zwischen den beiden Meinungen. „Ich möchte helfen", sagte sie schließlich leise. „Aber ich will nicht Teil eines Systems sein, das Menschen in Kategorien einteilt."

Mia legte eine Hand auf Lenas Arm. „Das ist genau der Punkt – wir müssen sicherstellen, dass unsere Absichten rein bleiben und dass wir die Menschlichkeit nicht verlieren." Ein Moment des Nachdenkens fiel über die drei Freunde.

2.3 Lenas Entschluss festigt sich

Die Diskussion im Café hatte Lena tief bewegt. Während Mia und Jonas weiterhin über die Vor- und Nachteile der genetischen Optimierung debattierten, spürte sie, wie sich in ihr ein Entschluss formte. „Ich kann nicht einfach zusehen, wie wir die Menschheit in Kategorien einteilen", murmelte sie leise, mehr zu sich selbst als zu den anderen.

Mia bemerkte Lenas nachdenklichen Ausdruck und fragte: „Was denkst du wirklich, Lena? Du scheinst dir unsicher zu sein."

Lena sah auf und erwiderte: „Es ist nicht nur Unsicherheit. Ich habe das Gefühl, dass wir an einem Punkt stehen, an dem wir entscheiden müssen, was uns menschlich macht." Sie lehnte sich vor und fuhr fort: „Wenn wir anfangen, Menschen nach ihren genetischen Eigenschaften zu bewerten, verlieren wir etwas Wesentliches."

- Die Bedeutung von Vielfalt
- Die Gefahr der Entfremdung
- Der Wert des Individuums

„Aber was ist mit den Möglichkeiten?", entgegnete Jonas erneut. „Wir könnten so viel Gutes tun!"

Lena schüttelte den Kopf. „Ja, aber um welchen Preis? Wir dürfen nicht vergessen, dass jeder Mensch einzigartig ist – auch mit seinen Schwächen." Sie fühlte eine Welle der Überzeugung in sich aufsteigen. „Ich möchte mich für eine Welt einsetzen, in der jeder akzeptiert wird – unabhängig von seinen genetischen Merkmalen."

Mia nickte zustimmend. „Das klingt stark! Aber wie können wir sicherstellen, dass unsere Stimmen gehört werden?"

Lena lächelte schwach. „Indem wir aktiv werden! Wir sollten eine Gruppe gründen oder eine Kampagne starten – etwas tun, um Bewusstsein zu schaffen!" Ihre Augen funkelten vor Enthusiasmus.

„Das ist eine großartige Idee!", rief Mia begeistert aus. Jonas schaute zwischen den beiden hin und her und nickte schließlich zustimmend. „Ich bin dabei! Lass uns dafür kämpfen!"

Lena fühlte sich gestärkt durch die Unterstützung ihrer Freunde. Ihr Entschluss war gefasst: Sie würde nicht tatenlos zusehen; sie wollte für eine gerechtere Zukunft eintreten.

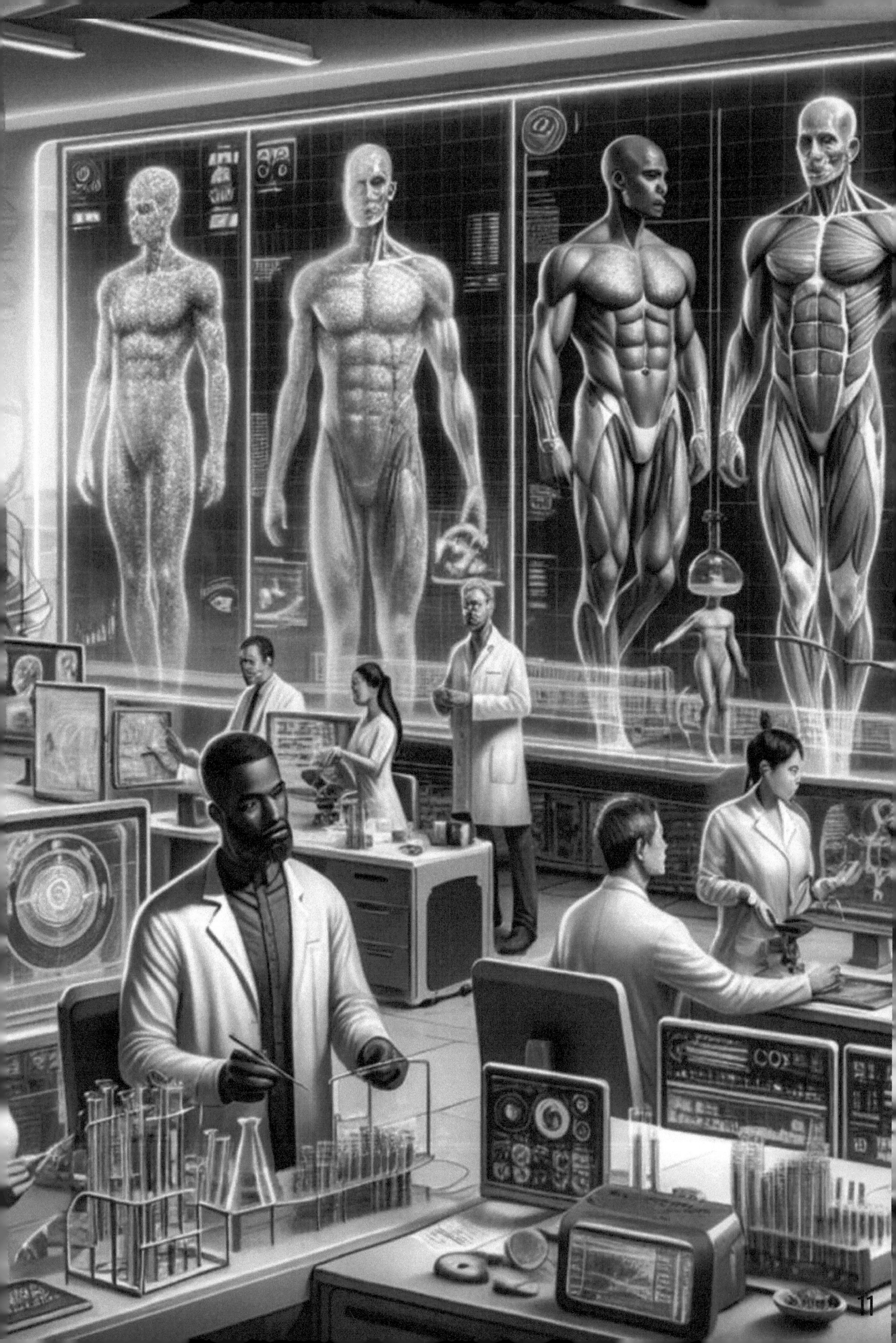

3
Die Schattenseiten der Optimierung

3.1 Einblick in die Konzernagenda

In den gläsernen Wolkenkratzern der Metropole, wo das Licht der Neonreklamen auf die Gesichter der Passanten fiel, brodelte eine geheime Agenda. Lena saß in ihrem Büro und starrte auf den Bildschirm, während ihre Gedanken um die neuesten Entwicklungen kreisten. „Was genau plant der Konzern mit unserer Forschung?", murmelte sie und ließ ihren Blick über die Datenblätter schweifen.

„Ich weiß, aber ich dachte, wir könnten wirklich helfen", erwiderte Lena und spürte einen Kloß im Hals. „Wir verbessern das Leben der Menschen!"

Mia schüttelte den Kopf. „Aber zu welchem Preis? Die Konzernleitung hat bereits Pläne für eine neue Generation von Menschen – sie wollen uns alle gleich machen, kontrollieren."

- Die Schaffung einer Eliteklasse durch genetische Manipulation.
- Die Ausgrenzung von 'natürlichen' Menschen aus sozialen und wirtschaftlichen Bereichen.
- Die Entwicklung von Technologien zur Überwachung und Kontrolle dieser neuen Generation.

Lena fühlte sich hin- und hergerissen zwischen ihrer Leidenschaft für die Wissenschaft und dem moralischen Dilemma, das sich vor ihr auftat. „Aber was kann ich tun? Ich bin nur ein kleines Rädchen im Getriebe."

Mia trat näher und legte eine Hand auf Lenas Schulter. „Du bist mehr als das. Du hast die Macht, etwas zu verändern. Wenn du herausfindest, was wirklich hinter diesen Projekten steckt..."

Lena nickte langsam, während sich ein Plan in ihrem Kopf formierte. Sie musste tiefer graben, um die wahren Absichten des Konzerns ans Licht zu bringen – bevor es zu spät war.

3.2 Verborgene Experimente entdeckt

Die Tage vergingen, und Lena konnte die Unruhe in ihrem Inneren nicht länger ignorieren. Eines Abends, als das Büro fast leer war, beschloss sie, sich in die Archive des Unternehmens zu schleichen. „Wenn ich nur einen Hinweis auf diese geheimen Projekte finden könnte", dachte sie und schlich durch die dunklen Gänge.

Plötzlich hörte sie Schritte hinter sich. Es war Mia, die mit einem besorgten Gesichtsausdruck näher kam. „Was machst du hier so spät?", flüsterte sie. „Das ist gefährlich."

„Ich muss wissen, was der Konzern plant", antwortete Lena entschlossen. „Ich habe das Gefühl, dass wir alle in etwas hineingezogen werden, das viel größer ist als wir."

Mia sah sich nervös um und trat näher. „Ich habe auch etwas gehört… über geheime Labore im Keller des Hauptgebäudes. Dort sollen Experimente durchgeführt werden – an Menschen!"

- Genetische Modifikationen ohne Zustimmung der Probanden.
- Tests zur Erhöhung der physischen und psychischen Leistungsfähigkeit.
- Überwachungstechnologien zur Kontrolle der Versuchspersonen.

Lena spürte ein kaltes Schaudern über ihren Rücken laufen. „Wir müssen Beweise finden", sagte sie mit fester Stimme. „Wenn wir das aufdecken können, haben wir vielleicht eine Chance, die Dinge zu ändern."

Mia nickte zustimmend, aber ihre Augen waren voller Angst. „Und wenn sie uns entdecken? Was passiert dann?"

„Wir dürfen keine Angst haben", erwiderte Lena entschlossen. „Es geht um mehr als nur uns – es geht um die Zukunft aller Menschen." Sie wusste, dass sie handeln mussten, bevor es zu spät war.

Gemeinsam machten sie sich auf den Weg zum Keller des Gebäudes, wo die Schatten der Geheimnisse darauf warteten, ans Licht gebracht zu werden.

3.3 Konfrontation mit der Wahrheit

Als Lena und Mia den Keller des Hauptgebäudes erreichten, überkam sie ein Gefühl der Beklemmung. Die Luft war stickig, und das schwache Licht der Taschenlampe warf lange Schatten an die Wände. „Hier muss es irgendwo sein", murmelte Lena, während sie sich umblickte.

Mia zitterte leicht. „Was, wenn wir wirklich auf etwas Gefährliches stoßen? Ich habe gehört, dass einige Mitarbeiter verschwunden sind."

„Wir müssen stark sein", erwiderte Lena entschlossen. „Die Wahrheit ist unser einziger Ausweg." Sie führte Mia tiefer in den Raum hinein, wo sie eine schwere Tür entdeckten, die mit einem Vorhängeschloss gesichert war.

„Das sieht nicht gut aus", sagte Mia und deutete auf das Schloss. „Dort drinnen könnte alles sein – oder nichts."

- Ein geheimes Labor für genetische Experimente.
- Dokumente über Menschenversuche.
- Beweise für illegale Aktivitäten des Unternehmens.

Lena kniete sich nieder und suchte nach einem Weg, das Schloss zu öffnen. „Wenn wir nur einen Schlüssel finden könnten..." Ihre Stimme brach ab, als sie plötzlich ein Geräusch hörte – Schritte näherten sich schnell.

„Schnell! Versteck dich!" flüsterte Lena und zog Mia hinter eine große Kiste. Sie hielten den Atem an, während die Schritte näher kamen und schließlich vor der Tür zum Stehen kamen.

„Ich kann nicht glauben, dass wir hier sind", flüsterte Mia nervös. „Was passiert jetzt?"

Lena sah sie an und sagte: „Wir müssen herausfinden, was hinter dieser Tür steckt. Wenn wir Beweise sammeln können..." Plötzlich öffnete sich die Tür mit einem lauten Knarren und ein Mann trat ein – es war der Sicherheitschef des Unternehmens.

„Was macht ihr hier? Ihr dürft nicht hier sein!" rief er wütend aus. Lena spürte einen Schock durch ihren Körper fahren; dies war der Moment der Wahrheit – entweder würden sie entkommen oder alles verlieren.

4
Geheime Allianzen

4.1 Lena sucht Verbündete

In den schimmernden Hallen des Forschungszentrums, umgeben von futuristischen Geräten und Bildschirmen, die Daten in Echtzeit anzeigten, fühlte sich Lena zunehmend isoliert. Die Erkenntnis, dass ihre Arbeit für eine dunkle Agenda missbraucht wurde, nagte an ihr. Sie wusste, dass sie Verbündete brauchte, um gegen den mächtigen Konzern anzutreten.

„Mia", begann sie zögerlich, als sie ihre beste Freundin in einem kleinen Café abseits der Hauptstraße traf. „Ich brauche deine Hilfe. Ich kann das nicht alleine durchstehen."

Mia sah sie besorgt an und legte ihre Tasse ab. „Was ist passiert? Du wirkst so angespannt."

Lena atmete tief ein und erklärte: „Ich habe herausgefunden, dass unsere Forschung nicht nur zur Verbesserung der Menschen dient. Der Konzern plant etwas viel Gefährlicheres – eine Kontrolle über die gesamte Bevölkerung."

Mia schüttelte den Kopf. „Das ist verrückt! Aber wie können wir helfen?"

- „Wir müssen andere Wissenschaftler finden, die ebenfalls gegen diese Praktiken sind", schlug Lena vor.
- „Und vielleicht auch Aktivisten oder Ethiker, die bereit sind zu kämpfen", fügte Mia hinzu.
- „Ja! Wir könnten eine geheime Gruppe gründen – einen Widerstand!" rief Lena begeistert aus.

Die beiden Frauen begannen sofort zu planen. Sie erstellten eine Liste potenzieller Verbündeter: ehemalige Kollegen von Lena, die sich aus dem Projekt zurückgezogen hatten; Studenten mit ethischen Bedenken; sogar einige Journalisten, die bereit waren, die Wahrheit ans Licht zu bringen.

„Wir müssen vorsichtig sein", warnte Mia. „Der Konzern hat Augen überall."

Lena nickte ernsthaft. „Aber wenn wir nichts tun, wird es noch schlimmer werden. Wir müssen handeln – für uns selbst und für alle anderen."

Mit neuem Mut machten sich Lena und Mia daran, ihre geheimen Allianzen zu schmieden und einen Plan zu entwickeln. Es war der erste Schritt auf einem gefährlichen Weg voller Unsicherheiten und

4.2 Planung eines riskanten Vorgehens

In einem kleinen, abgedunkelten Raum, der nur von dem schwachen Licht eines alten Projektors erhellt wurde, versammelten sich Lena und Mia mit ihren neu gewonnenen Verbündeten. Der Raum war gefüllt mit einer Mischung aus Nervosität und Entschlossenheit. „Wir müssen einen Plan entwickeln, der sowohl effektiv als auch sicher ist", begann Lena und sah in die Runde.

„Was ist unser Ziel?", fragte ein ehemaliger Kollege von Lena, Thomas, der skeptisch wirkte. „Wir können nicht einfach gegen den Konzern vorgehen, ohne zu wissen, was wir erreichen wollen."

Mia nickte zustimmend. „Wir sollten zuerst Beweise sammeln – Informationen über ihre Machenschaften und die Technologien, die sie verwenden."

- „Das könnte uns helfen, die Öffentlichkeit zu alarmieren", schlug eine junge Studentin namens Clara vor.
- „Und wir brauchen einen sicheren Kommunikationskanal", fügte Thomas hinzu. „Sonst sind wir schnell entdeckt."
- „Ich kann ein verschlüsseltes Forum einrichten", bot Mia an. „Dort können wir unsere Ideen austauschen."

Lena fühlte sich bestärkt durch die Vorschläge ihrer Freunde. „Gut! Wir müssen auch herausfinden, wer innerhalb des Unternehmens bereit ist zu helfen. Vielleicht gibt es noch andere Wissenschaftler wie mich."

„Aber wie kommen wir an diese Informationen?", fragte Clara besorgt.

Lena überlegte kurz und antwortete: „Wir könnten uns als Interessierte tarnen und an Konferenzen teilnehmen oder sogar direkt Kontakt aufnehmen – natürlich anonym."

Die Gruppe diskutierte angeregt weiter über mögliche Strategien und Risiken. Jeder brachte seine Ideen ein; einige waren mutig, andere vorsichtiger. Schließlich stellte Mia fest: „Es wird gefährlich werden, aber wenn wir nichts tun, wird sich nichts ändern."

Lena spürte das Gewicht ihrer Verantwortung auf ihren Schultern. Sie wusste, dass jeder Schritt wohlüberlegt sein musste – für ihre Sicherheit und für das Wohl aller.

4.3 Ein unerwartetes Angebot

Die Gruppe hatte sich gerade wieder um den Tisch versammelt, als die Tür mit einem leisen Knarren aufging. Ein Mann trat ein, dessen Gesicht Lena vage bekannt vorkam. „Entschuldigt die Störung", begann er und schloss die Tür hinter sich. „Ich habe von euren Plänen gehört."

„Wer sind Sie?", fragte Thomas misstrauisch und stellte sich schützend vor Lena und Mia.

„Mein Name ist Felix. Ich war früher in der Abteilung für Forschung und Entwicklung des Konzerns tätig", erklärte der Mann und sah jeden in der Runde an. „Ich bin hier, weil ich helfen möchte."

Mia schaute skeptisch zu ihm auf. „Warum sollten wir Ihnen vertrauen? Der Konzern hat uns schon einmal im Stich gelassen."

Felix nickte verständnisvoll. „Das kann ich nachvollziehen. Aber ich habe Informationen, die euch nützlich sein könnten – über geheime Projekte, an denen sie arbeiten."

- „Was für Informationen?", fragte Clara neugierig.
- „Details über ihre neuesten Technologien und wie sie diese einsetzen wollen", antwortete Felix.
- „Und was verlangen Sie im Gegenzug?", hakte Thomas nach.

Felix lächelte schwach. „Nichts Materielles. Ich will nur sicherstellen, dass das, was ich einst unterstützt habe, nicht gegen die Menschheit verwendet wird."

Lena spürte eine Mischung aus Hoffnung und Skepsis in ihrem Herzen. „Wie können wir sicher sein, dass Sie nicht einfach ein Spion sind?"

„Ich kann euch Beweise liefern – Dokumente, die meine Aussagen untermauern", bot Felix an und zog einen USB-Stick aus seiner Tasche.

Mia warf einen Blick auf Lena, deren Augen nun funkeln vor Interesse waren. „Wenn das stimmt..." begann sie zögerlich.

„Wir müssen vorsichtig sein", unterbrach Thomas erneut. „Aber vielleicht ist dies unsere Chance."

Lena nickte langsam und sagte: „Lass uns darüber nachdenken und dann entscheiden." Die Gruppe wusste, dass sie an einem Wendepunkt standen – ein unerwartetes Angebot könnte der Schlüssel zu ihrem Erfolg oder ihr Untergang sein.

OPERATION
19

5
Unter Druck gesetzt

5.1 Der Konzern erhöht die Einsätze

Die Luft in Lenas Labor war elektrisch geladen, als sie die neuesten Daten durchging. Die Bildschirme flimmerten vor Informationen, doch ihre Gedanken waren bei Mia, die sich vehement gegen die genetische Optimierung aussprach. „Lena, du musst aufpassen! Dieser Konzern hat keine moralischen Grenzen", hatte Mia gesagt, und diese Worte hallten in ihrem Kopf wider.

Plötzlich öffnete sich die Tür mit einem lauten Knall. Mark, der Projektleiter des Konzerns, trat ein und sein Gesicht war von einer unheilvollen Entschlossenheit geprägt. „Lena", begann er mit fester Stimme, „wir müssen unsere Fortschritte beschleunigen. Die Konkurrenz schläft nicht."

„Aber was ist mit den ethischen Bedenken? Wir können nicht einfach..." Lena stockte, als sie seinen Blick sah – kalt und berechnend.

„Ethische Bedenken?" Er schnaubte verächtlich. „Wir stehen an der Schwelle zu etwas Großem! Denk an das Potenzial: verbesserte Intelligenz, erhöhte Lebensdauer! Das sind keine bloßen Zahlen; das sind Menschenleben!"

- **Erhöhte Intelligenz:** Zugang zu Wissen und Fähigkeiten wie nie zuvor.
- **Längere Lebensdauer:** Ein Leben ohne Krankheiten und Einschränkungen.
- **Macht über das Schicksal:** Kontrolle über genetische Merkmale.

Lena fühlte sich hin- und hergerissen zwischen ihrer Leidenschaft für Wissenschaft und dem wachsenden Unbehagen über die Richtung ihrer Forschung. „Mark, wir dürfen nicht vergessen, dass wir hier über Menschen sprechen", entgegnete sie leise.

„Menschen?", wiederholte er spöttisch. „Das sind nur Rohmaterialien für unsere Vision! Wenn du nicht bereit bist, dich anzupassen, dann wirst du schnell irrelevant." Seine Worte schnitt wie ein Messer durch ihre Überzeugungen.

Lena wusste jetzt: Der Druck würde steigen. Der Konzern war bereit, alles zu tun – selbst ihre Loyalität zu brechen – um seine Ziele zu erreichen. Und während sie in den Bildschirm starrte, wurde ihr klar: Sie musste eine Entscheidung treffen – bevor es zu spät war.

5.2 Gefährliche Entscheidungen treffen

Lena saß an ihrem Schreibtisch, die Finger über der Tastatur schwebend, während ihre Gedanken um die Worte von Mark kreisten. Der Druck, den er auf sie ausübte, war erdrückend. „Wir müssen vorankommen", hatte er gesagt, und in diesem Moment fühlte sie sich wie ein Spielball in einem gefährlichen Spiel.

„Lena! Hast du schon entschieden?", rief Mia plötzlich aus der Tür. Ihr Gesicht war besorgt, und Lena konnte die Anspannung in ihrer Stimme hören.

„Ich weiß nicht, was ich tun soll", gestand Lena und ließ ihren Kopf sinken. „Mark drängt mich dazu, die Forschung zu beschleunigen. Aber ich habe das Gefühl, dass wir etwas Unrechtes tun."

Mia trat näher und legte eine Hand auf Lenas Schulter. „Du musst dich entscheiden: Entweder folgst du deinem Gewissen oder dem Konzern. Aber sei dir bewusst – jede Entscheidung hat Konsequenzen."

- **Folgen für die Menschheit:** Die Möglichkeit, Menschenleben zu verändern oder gar zu gefährden.
- **Persönliche Integrität:** Der Verlust von Werten könnte sie für immer verfolgen.
- **Karriere versus Ethik:** Ein Aufstieg im Konzern könnte ihre moralischen Überzeugungen kosten.

Lena sah Mia an und spürte den inneren Konflikt stärker denn je. „Was ist mit den Menschen? Was ist mit den Leben, die wir beeinflussen?" Ihre Stimme zitterte vor Emotionen.

Mia nickte verständnisvoll. „Genau das ist es! Du bist nicht nur eine Wissenschaftlerin; du bist auch ein Mensch mit Verantwortung."

„Aber wenn ich nicht mitmache…" begann Lena unsicher.

Mia unterbrach sie: „Dann wirst du vielleicht als Außenseiterin gelten, aber wenigstens bleibst du dir selbst treu."

Lena atmete tief durch und wusste, dass sie bald eine Entscheidung treffen musste – eine Entscheidung zwischen dem Streben nach Ruhm und dem Schutz der Menschlichkeit. In diesem Moment wurde ihr klar: Die gefährlichsten Entscheidungen sind oft diejenigen, die unser Herz betreffen.

5.3 Eine Flucht nach vorn

Lena saß in ihrem Büro und starrte auf den Bildschirm, der die neuesten Forschungsergebnisse anzeigte. Der Druck von Mark war unerträglich geworden, und sie wusste, dass sie handeln musste. „Ich kann nicht einfach zuschauen, wie wir das Richtige ignorieren", murmelte sie vor sich hin.

Plötzlich klopfte es an der Tür. Es war Mia, ihre Augen funkelten vor Entschlossenheit. „Lena, ich habe darüber nachgedacht. Was wäre, wenn wir unsere eigenen Wege gehen? Wenn wir die Forschung unabhängig fortsetzen?"

Lena sah auf und spürte einen Funken Hoffnung in sich aufkeimen. „Aber was ist mit den Ressourcen? Wir brauchen das Labor und die Finanzierung."

Mia trat näher und legte eine Hand auf Lenas Arm. „Wir könnten ein Crowdfunding starten oder Unterstützung von anderen Wissenschaftlern suchen. Es gibt viele Menschen da draußen, die für ethische Forschung kämpfen."

- **Unabhängigkeit:** Die Freiheit, Entscheidungen zu treffen ohne Druck von außen.
- **Ethik:** Die Möglichkeit, moralisch vertretbare Lösungen zu finden.
- **Gemeinschaft:** Unterstützung durch Gleichgesinnte könnte neue Wege eröffnen.

Lena nickte langsam. „Das klingt riskant, aber vielleicht ist es genau das, was wir brauchen." Sie fühlte sich lebendig bei dem Gedanken an eine Flucht nach vorn – weg von den Fesseln des Konzerns und hin zu einer neuen Vision.

Mia lächelte ermutigend. „Wir müssen nur den ersten Schritt wagen. Lass uns ein Konzept ausarbeiten und dann sehen wir weiter."

Lena atmete tief durch und spürte eine Welle der Erleichterung über sich hinwegrollen. „Ja! Lass uns das tun! Wir können nicht länger warten." In diesem Moment wurde ihr klar: Manchmal ist der mutigste Schritt nicht der sicherste Weg, sondern der Weg in die Ungewissheit – eine Flucht nach vorn.

6
Die Macht der Information

6.1 Daten, die alles verändern könnten

In der schimmernden Metropole, wo gläserne Wolkenkratzer den Himmel durchbohrten, saß Lena in ihrem Büro und starrte auf den Bildschirm. Die Datenströme flossen unaufhörlich, doch heute war etwas anders. „Mia, schau dir das an!", rief sie und deutete auf die Zahlen, die sich vor ihren Augen formten.

Mia trat näher und runzelte die Stirn. „Was genau siehst du?", fragte sie skeptisch. Lena erklärte: „Diese neuen Algorithmen zeigen eine Korrelation zwischen genetischen Markern und kognitiven Fähigkeiten. Wenn wir diese Daten richtig nutzen, könnten wir das menschliche Potenzial revolutionieren."

„Aber zu welchem Preis?", entgegnete Mia mit besorgter Miene. „Denk an die Menschen, die nicht optimiert werden können oder wollen. Wir schaffen eine neue Klasse von Übermenschen!"

Lena seufzte und wandte sich wieder dem Bildschirm zu. „Ich weiß, dass es ethische Bedenken gibt, aber stell dir vor, was wir erreichen könnten! Krankheiten heilen, Intelligenz steigern..."

- **Verbesserung der Lebensqualität:** Durch gezielte genetische Eingriffe könnten viele Krankheiten ausgerottet werden.
- **Kognitive Steigerung:** Menschen könnten schneller lernen und komplexe Probleme besser lösen.
- **Soziale Ungleichheit:** Die Kluft zwischen genetisch optimierten und natürlichen Menschen könnte dramatisch zunehmen.

Mia schüttelte den Kopf. „Du spielst mit dem Feuer, Lena. Diese Daten sind nicht nur Zahlen; sie sind das Leben von Menschen." Ihre Stimme war eindringlich.

Lena spürte einen Anflug von Zweifel in sich aufsteigen. Was wäre, wenn ihre Entdeckungen tatsächlich für dunkle Zwecke missbraucht würden? Der Konzern hatte bereits ein Auge auf ihre Forschung geworfen – was würde passieren, wenn sie diese Informationen in die falschen Hände gab?

„Ich muss herausfinden, wer hinter diesen Plänen steckt", murmelte Lena entschlossen. „Die Welt braucht diese Informationen – aber ich muss sicherstellen, dass sie für das Gute verwendet werden."

6.2 Hacken des Systems

Die Luft im Büro war angespannt, als Lena und Mia sich über die neuesten Entwicklungen austauschten. „Wir müssen einen Weg finden, um diese Daten zu sichern", sagte Lena entschlossen. „Wenn der Konzern sie in die falschen Hände bekommt, könnte das katastrophale Folgen haben."

Mia nickte zustimmend, aber ihre Augen waren besorgt. „Und wie genau willst du das anstellen? Die Sicherheitsprotokolle sind nahezu unüberwindbar."

Lena lehnte sich zurück und dachte nach. „Ich habe von einem alten Freund gehört, der ein Experte im Hacken ist. Vielleicht kann er uns helfen."

„Bist du dir sicher, dass das eine gute Idee ist?", fragte Mia skeptisch. „Das könnte uns in große Schwierigkeiten bringen."

„Es gibt keine andere Wahl", erwiderte Lena mit fester Stimme. „Wir müssen die Kontrolle über unsere Forschung zurückgewinnen." Sie griff nach ihrem Smartphone und wählte die Nummer ihres Freundes Alex.

- **Alex' Expertise:** Er war bekannt für seine Fähigkeiten im Cybersecurity-Bereich und hatte schon viele Systeme geknackt.
- **Risiken:** Das Hacken eines Unternehmensnetzwerks könnte rechtliche Konsequenzen haben.
- **Ziele:** Die Sicherung ihrer Daten und das Verhindern von Missbrauch standen an erster Stelle.

Nach wenigen Minuten meldete sich Alex am Telefon: „Lena! Lange nicht mehr gehört! Was kann ich für dich tun?"

Lena erklärte ihm die Situation und bat um seine Hilfe. „Ich brauche deine Fähigkeiten, um in unser System einzudringen und unsere Daten zu schützen."

„Das klingt riskant", antwortete Alex zögerlich. „Aber ich bin dabei – wenn du mir sagst, dass es wirklich wichtig ist."

Mia sah Lena an und murmelte: „Hoffentlich wissen wir, was wir tun…" Doch Lena war fest entschlossen; sie würde alles tun, um ihre Entdeckungen zu schützen – selbst wenn es bedeutete, gegen das System zu kämpfen.

6.3 Die Veröffentlichung

Die Atmosphäre im Büro war elektrisierend, als Lena und Mia sich auf die bevorstehende Veröffentlichung ihrer Ergebnisse vorbereiteten. „Wir haben alles riskiert, um diese Daten zu sichern", sagte Lena mit einem entschlossenen Blick. „Jetzt müssen wir sicherstellen, dass sie die Öffentlichkeit erreichen."

Mia sah skeptisch aus. „Aber was ist, wenn das Unternehmen versucht, uns daran zu hindern? Sie werden alles tun, um ihre Geheimnisse zu schützen."

Lena nickte nachdenklich. „Deshalb müssen wir strategisch vorgehen. Wir sollten eine Pressemitteilung verfassen und die wichtigsten Medien kontaktieren."

- **Ziel der Veröffentlichung:** Die Aufklärung der Öffentlichkeit über die potenziellen Gefahren und Missbräuche der Forschung.
- **Medienkontakte:** Eine Liste von Journalisten und Influencern, die für ihre investigative Arbeit bekannt sind.
- **Sicherheitsvorkehrungen:** Anonymität wahren und mögliche rechtliche Schritte des Unternehmens antizipieren.

Lena lächelte dankbar. „Das wäre großartig! Lass uns einen Entwurf für die Pressemitteilung erstellen." Sie setzte sich an den Tisch und begann zu tippen: „Wir enthüllen exklusive Informationen über..."

Während sie arbeiteten, spürten beide Frauen den Druck wachsen. „Was ist mit Alex?", fragte Mia plötzlich. „Er könnte uns helfen, unsere Botschaft noch klarer zu formulieren."

Lena zögerte kurz. „Ja, aber ich möchte nicht, dass er in diese Sache verwickelt wird. Es könnte gefährlich sein."

Mia legte ihr Hand auf Lenas Arm. „Wir haben schon so viel riskiert; lass uns nicht auf halbem Weg stehen bleiben." Lena atmete tief durch und nickte schließlich zustimmend.

„Okay", sagte sie entschlossen. „Lass uns Alex anrufen und ihn um seine Unterstützung bitten – gemeinsam sind wir stärker!" Mit einem neuen Gefühl der Entschlossenheit machten sich die beiden Frauen daran, ihre Stimme gegen das Unrecht zu erheben.

7
Rückkehr zu den Wurzeln

7.1 Besuch in der alten Nachbarschaft

Die Straßen, die Lena einst als Kind durchstreifte, waren kaum wiederzuerkennen. Wo früher kleine, bunte Häuser standen, ragten nun graue Betonklötze empor, die den Glanz der neuen Metropole widerspiegelten. Doch inmitten dieser Veränderungen spürte sie eine tiefe Sehnsucht nach den Wurzeln ihrer Vergangenheit.

„Lena! Ist das wirklich du?" rief eine vertraute Stimme aus einem kleinen Café an der Ecke. Es war Herr Müller, der alte Besitzer des Ladens, in dem sie oft Schokolade gekauft hatte. Seine Augen funkelten vor Freude und Überraschung.

„Ja, Herr Müller! Ich habe lange nicht mehr hierher gefunden", antwortete Lena und trat näher. „Es hat sich so viel verändert."

„Das stimmt", nickte er bedächtig. „Aber die Menschen sind immer noch dieselben – auch wenn viele gegangen sind."

Lena setzte sich an einen Tisch und bestellte einen Kaffee. „Ich vermisse die alten Zeiten", gestand sie und beobachtete die Passanten mit einer Mischung aus Nostalgie und Traurigkeit.

„Die Welt dreht sich weiter", sagte Herr Müller mit einem Seufzer. „Aber manchmal frage ich mich, ob wir dabei etwas Wichtiges verloren haben."

In diesem Moment kam Mia vorbei, ihre beste Freundin aus Kindertagen. Sie hielt inne und schaute überrascht zu Lena hinüber. „Was machst du hier? Hast du nicht gesagt, dass du nie zurückkommen würdest?"

Lena lächelte schwach. „Ich wollte sehen, wie es hier aussieht..."

Mia setzte sich zu ihnen und sah ernsthaft auf Lena: „Du weißt doch, dass diese Stadt nicht mehr unser Zuhause ist. Die genetische Optimierung hat alles verändert."

„Ich weiß", erwiderte Lena leise und fühlte den Druck ihrer Entscheidungen auf ihren Schultern lasten.

- Die Erinnerungen an unbeschwerte Tage kamen zurück.
- Mia stellte Fragen über Lenas Arbeit im Konzern.
- Herr Müller erzählte von den Veränderungen in der Nachbarschaft.

Lena wusste, dass sie bald eine Entscheidung treffen musste – zwischen ihrer Vergangenheit und der Zukunft, die sie selbst gestalten wollte.

7.2 Erinnerungen an frühere Zeiten

Während Lena in dem kleinen Café saß, überkam sie eine Welle der Nostalgie. Die Wände waren mit alten Fotos geschmückt, die Szenen aus ihrer Kindheit zeigten – fröhliche Gesichter, unbeschwerte Tage und das Lachen von Freunden. „Weißt du noch, wie wir hier jeden Samstag Schokolade geholt haben?" fragte sie Mia, die ihr gegenüber saß.

Mia lächelte und nickte. „Ja! Und wir haben immer versucht, die besten Sorten auszuwählen. Ich erinnere mich an den Streit um die letzte Praline."

„Und ich habe gewonnen", lachte Lena und fühlte sich für einen Moment wieder wie ein Kind. „Es war so einfach damals."

„Aber es war nicht nur die Schokolade", fügte Mia hinzu und sah nachdenklich aus. „Es waren die Abenteuer, die wir erlebt haben – im Park spielen, im Fluss schwimmen..."
- Die langen Sommerabende mit Freunden.
- Die geheimen Verstecke hinter dem alten Baum.
- Die Träume von einer besseren Zukunft.

Lena seufzte leise. „Ich vermisse diese Unbeschwertheit. Jetzt ist alles so kompliziert."

„Das Leben verändert sich", sagte Herr Müller, der gerade vorbeikam und ein Ohr für das Gespräch hatte. „Aber die Erinnerungen bleiben bei uns." Er stellte eine Tasse Kaffee vor Lena ab und lächelte warmherzig.

Lena blickte auf ihre Tasse und dachte an all die Momente zurück, in denen sie hier gesessen hatte – voller Hoffnung und Träume für die Zukunft. „Hast du jemals darüber nachgedacht, was aus uns geworden ist? Aus all den anderen?" fragte sie Mia.

Mia zuckte mit den Schultern. „Manchmal ja. Aber ich denke, jeder hat seinen eigenen Weg gefunden – auch wenn er anders ist als erwartet."

Lena spürte einen Kloß in ihrem Hals. Die Vergangenheit war zwar schön, aber sie wusste auch, dass sie sich entscheiden musste: zwischen der Sicherheit ihrer Erinnerungen und dem unbekannten Weg in die Zukunft.

7.3 Neue Perspektiven gewinnen

Mia sah überrascht aus. „Wie meinst du das? Was hast du im Sinn?"

Lena überlegte kurz. „Vielleicht könnten wir einen Wochenendausflug planen – irgendwohin, wo wir noch nie waren. Ein Ort voller neuer Eindrücke."

„Das klingt spannend! Aber ich habe Angst, dass es nicht so wird wie früher", gestand Mia und rührte in ihrer Tasse Kaffee.

Lena lächelte ermutigend. „Es wird anders sein, aber vielleicht ist das genau das, was wir brauchen. Wir können die Vergangenheit eh nicht zurückholen."

- Neue Orte entdecken.
- Unbekannte Menschen treffen.
- Abenteuer erleben und Geschichten sammeln.

„Ich denke oft darüber nach", begann Mia nachdenklich. „Wir haben so viele Träume gehabt als Kinder. Vielleicht sollten wir versuchen, einige davon zu verwirklichen."

Lena nickte zustimmend. „Genau! Lass uns eine Liste machen von all den Dingen, die wir schon immer tun wollten." Sie griff nach einem Notizbuch und einem Stift und reichte Mia einen Stift.

Mia begann zu schreiben: „Reisen nach Italien… ein Konzert besuchen… einen Kochkurs machen…" Ihre Augen leuchteten auf bei jedem neuen Vorschlag.

„Siehst du? Das sind alles Möglichkeiten für neue Erfahrungen", sagte Lena begeistert. „Und wer weiß? Vielleicht finden wir dabei auch wieder zu uns selbst."

Herr Müller kam erneut vorbei und hörte ihr Gespräch mit einem Lächeln zu. „Manchmal muss man einfach den ersten Schritt wagen", bemerkte er weise und fügte hinzu: „Die besten Erinnerungen entstehen oft aus unerwarteten Abenteuern."

Lena fühlte sich inspiriert von seinen Worten und wusste, dass es an der Zeit war, sich auf neue Wege einzulassen – um nicht nur die Vergangenheit zu schätzen, sondern auch die Zukunft aktiv zu gestalten.

8
Das Netz zieht sich zusammen

8.1 Überwachung und Verdächtigungen

In der hochentwickelten Metropole, in der Lena lebt, ist die Überwachung allgegenwärtig. Kameras blitzen an jeder Ecke, und die Menschen bewegen sich unter dem ständigen Blick der Technologie. „Hast du das Gefühl, dass wir beobachtet werden?", fragt Mia mit einem besorgten Ausdruck auf ihrem Gesicht, während sie durch die belebten Straßen schlendern.

Lena zuckt mit den Schultern. „Es ist nur ein Teil des Lebens hier. Wenn du nichts zu verbergen hast, solltest du dir keine Sorgen machen." Doch tief in ihrem Inneren spürt sie eine wachsende Unruhe. Die letzten Wochen haben sie immer wieder in Situationen gebracht, in denen ihre Forschung und ihre Loyalität auf dem Spiel standen.

„Aber was ist mit den Daten? Sie sammeln alles über uns! Unsere Bewegungen, unsere Gespräche..." Mia bleibt stehen und sieht Lena eindringlich an. „Was passiert, wenn sie herausfinden, was du tust?"

Lena schüttelt den Kopf. „Ich mache nichts Falsches. Ich arbeite für das Wohl der Menschheit." Ihre Stimme klingt entschlossen, doch Zweifel nagen an ihr. Der Konzern hat seine eigenen Pläne, und je mehr sie darüber nachdenkt, desto klarer wird ihr: Sie könnte ins Visier geraten.

- Die ständige Überwachung führt zu einem Klima des Misstrauens.
- Freundschaften werden auf die Probe gestellt; jeder könnte ein Informant sein.
- Lenas innere Zerrissenheit wächst – zwischen ihrer Loyalität zur Wissenschaft und ihrer Freundschaft zu Mia.

„Wir müssen vorsichtig sein", sagt Lena schließlich leise. „Wenn wir nicht aufpassen, könnten wir selbst verdächtigt werden." Die Worte hallen zwischen ihnen wider und verstärken das Gefühl der Bedrohung.

Mia nickt zustimmend. „Lass uns einen Plan schmieden. Wir können nicht zulassen, dass sie uns auseinanderbringen." In diesem Moment wird beiden klar: Die wahre Gefahr kommt nicht nur von außen – sondern auch aus den Schatten ihrer eigenen Entscheidungen.

8.2 Ein gefährlicher Lauschangriff

Die Dämmerung senkte sich über die Stadt, als Lena und Mia sich in einem kleinen Café trafen, um ihre nächsten Schritte zu besprechen. „Ich habe das Gefühl, dass wir nicht allein sind", flüsterte Mia nervös und schaute sich um. „Es gibt zu viele Augen und Ohren hier."

Lena nickte zustimmend, während sie einen Blick auf die anderen Gäste warf. „Wir müssen vorsichtig sein. Ich habe gehört, dass einige meiner Kollegen unter Verdacht stehen. Vielleicht wird auch unser Gespräch belauscht."

Mia beugte sich näher zu Lena und sprach leise: „Was ist, wenn wir ein ablenkendes Gespräch führen? Etwas Unbedeutendes?"

„Das könnte funktionieren", antwortete Lena nachdenklich. „Aber was ist mit den Geräten? Sie könnten alles aufzeichnen." Ihre Stimme zitterte leicht vor Angst.

- Die ständige Überwachung macht es schwierig, vertrauliche Gespräche zu führen.
- Technologie kann sowohl Verbündeter als auch Feind sein.
- Lenas Besorgnis wächst – sie muss ihre Forschung geheim halten.

„Ich habe eine Idee", sagte Mia plötzlich. „Lass uns über etwas sprechen, das uns beide interessiert – unsere Lieblingsfilme! Das klingt harmlos genug."

Lena lächelte schwach. „Okay, aber lass uns dabei nicht zu laut werden." Sie begann über ihren Lieblingsfilm zu erzählen, während sie gleichzeitig darauf achtete, ob jemand in der Nähe lauschte.

„Und was ist mit dem Ende von ‚Der letzte Held'? Ich konnte es kaum glauben!" rief Mia aus und versuchte so unauffällig wie möglich zu sein. Doch in ihrem Inneren brodelten die Sorgen weiter.

Plötzlich bemerkten sie einen Mann am Nebentisch, der intensiv auf sein Tablet starrte und immer wieder verstohlen zu ihnen hinüberschaute. Lenas Herz schlug schneller. „Mia... ich glaube, er hört uns zu."

Mia folgte Lenas Blick und ihr Gesicht wurde blass. „Wir müssen sofort gehen! Wenn er wirklich für den Konzern arbeitet..."

Schnell packten sie ihre Sachen zusammen und verließen das Café durch den Hinterausgang. Die Gefahr war realer denn je geworden – nicht nur von außen, sondern auch durch die Schatten ihrer eigenen Entscheidungen.

8.3 Flucht aus der Stadt

Die Straßen waren leer, als Lena und Mia hastig durch die Gassen der Stadt schlüpften. „Wir müssen einen sicheren Ort finden, bevor sie uns entdecken", flüsterte Lena, während sie sich umblickte. Die Dämmerung hatte die Stadt in ein gespenstisches Licht getaucht.

Mia nickte nervös. „Ich kenne einen alten Unterschlupf außerhalb der Stadt. Dort können wir uns verstecken und einen Plan schmieden." Sie zog Lena an ihrer Hand weiter, als sie in eine schmale Seitengasse abbogen.

„Hoffentlich ist es dort sicher", murmelte Lena und spürte das Adrenalin in ihren Adern pulsieren. „Was ist mit den Überwachungskameras? Wir müssen darauf achten."

- Die ständige Angst vor Entdeckung lastete schwer auf ihnen.
- Jede Ecke könnte ein Auge des Konzerns verbergen.
- Lena fühlte sich wie eine Gejagte – die Freiheit war nur ein Traum.

„Wir dürfen nicht aufgeben", sagte Mia entschlossen und hielt inne, um Lena direkt in die Augen zu sehen. „Wenn wir zusammenarbeiten, schaffen wir das!"

„Du hast recht", antwortete Lena und versuchte, ihre Furcht zu überwinden. „Lass uns schnell sein." Sie rannten weiter, bis sie schließlich vor einem alten Lagerhaus standen, das von dichten Bäumen umgeben war.

Mia öffnete vorsichtig die Tür und schob Lena hinein. „Hier sind wir sicher... für jetzt", flüsterte sie und schloss die Tür hinter sich. Das Innere war dunkel und staubig, aber es bot Schutz vor den neugierigen Blicken draußen.

„Was machen wir jetzt?", fragte Lena atemlos und lehnte sich gegen die Wand. „Wir können nicht einfach hier sitzen."

Mia überlegte kurz: „Wir müssen herausfinden, wer hinter dem Lauschangriff steckt und was deren Pläne sind. Vielleicht gibt es Hinweise hier im Lagerhaus."

- Schnell mussten sie Informationen sammeln.
- Der Druck wuchs – jede Minute zählte.
- Lenas Entschlossenheit wuchs mit jeder neuen Herausforderung.

Gemeinsam begannen sie zu suchen, während das Geräusch ihrer Herzen im Takt der drängenden Zeit schlug – die Flucht aus der Stadt war erst der Anfang eines viel größeren Abenteuers.

9
Verbündete im Untergrund

9.1 Treffen mit dem Widerstand

In den düsteren Gassen der Metropole, wo das Neonlicht flackerte und die Schatten der gläsernen Wolkenkratzer sich über die Straßen legten, wartete Lena nervös auf ihre Kontaktperson. Der Widerstand hatte ihr einen geheimen Treffpunkt genannt, und sie wusste, dass dies der erste Schritt in eine Welt war, die sie bisher nur aus Erzählungen kannte.

Als sie schließlich in eine kleine, unscheinbare Bar trat, wurde sie von einem Mann mit einem scharfen Blick empfangen. „Du musst Lena sein", sagte er und nickte ihr zu. „Ich bin Jonas. Setz dich."

Lena setzte sich an den Tisch in der hintersten Ecke und spürte sofort die Anspannung in der Luft. „Ich habe gehört, dass du Informationen über das Projekt hast", begann Jonas direkt. „Wir müssen wissen, was genau du herausgefunden hast."

„Es ist schlimmer als ich dachte", antwortete Lena zögernd. „Die Firma plant nicht nur genetische Optimierungen für Leistungssportler oder Akademiker. Sie wollen eine neue Rasse von Menschen schaffen – kontrollierbar und gehorsam."

Jonas' Gesicht verhärtete sich. „Das haben wir befürchtet. Und was ist mit deiner Forschung? Wirst du weiterhin daran arbeiten?"

Lena schluckte schwer. „Ich... ich weiß es nicht. Ich wollte helfen, aber jetzt fühle ich mich wie ein Teil des Problems."

- „Du bist nicht allein", sagte Jonas eindringlich.
- „Viele von uns kämpfen gegen diese Ungerechtigkeit."
- „Wir brauchen deine Expertise, um ihre Pläne zu durchkreuzen."

Lena sah in seine Augen und erkannte den verzweifelten Wunsch nach Veränderung darin. „Was soll ich tun?" fragte sie schließlich.

„Zuerst musst du uns alles erzählen, was du weißt", forderte Jonas auf. „Und dann müssen wir einen Plan schmieden."

In diesem Moment fühlte Lena zum ersten Mal seit langem einen Funken Hoffnung – vielleicht konnte sie tatsächlich etwas bewirken.

9.2 Strategien und Pläne schmieden

Die Atmosphäre in der kleinen Bar war angespannt, als Lena und Jonas sich über die nächsten Schritte berieten. „Wir müssen einen Plan entwickeln, der sowohl effektiv als auch unauffällig ist", begann Jonas und lehnte sich näher zu Lena. „Was hast du über die Sicherheitsvorkehrungen der Firma herausgefunden?"

Lena dachte nach und antwortete: „Es gibt mehrere Sicherheitsebenen – von physischen Wachen bis hin zu digitalen Überwachungssystemen. Ich habe einige Schwachstellen entdeckt, aber sie sind gut geschützt."

„Das ist ein Anfang", murmelte Jonas und kritzelte Notizen auf einem alten Zettel. „Wir könnten versuchen, ihre Datenbank zu hacken oder einen Insider zu gewinnen."

- „Ein Insider könnte uns wertvolle Informationen liefern", schlug Lena vor.
- „Aber wie finden wir jemanden, dem wir vertrauen können?" fragte Jonas skeptisch.
- „Vielleicht sollten wir uns an andere Gruppen im Widerstand wenden", fügte sie hinzu.

Jonas nickte zustimmend. „Das klingt nach einer soliden Strategie. Wir müssen auch unsere Kommunikation sichern, um nicht abgehört zu werden." Er sah Lena eindringlich an. „Bist du bereit, das Risiko einzugehen? Es könnte gefährlich werden."

Lena spürte das Gewicht seiner Worte und nickte entschlossen. „Ja, ich bin bereit. Ich kann nicht einfach zusehen, wie sie mit Menschen experimentieren."

„Gut", sagte Jonas mit einem Anflug von Erleichterung in seiner Stimme. „Dann lass uns eine Liste von Kontakten erstellen und einen Plan für die nächsten Tage ausarbeiten." Er zog einen weiteren Zettel hervor und begann zu schreiben.

- „Zuerst müssen wir die anderen Widerstandsgruppen kontaktieren", sagte er.
- „Dann sollten wir eine sichere Kommunikationsmethode festlegen."
- „Und schließlich müssen wir unsere Ressourcen bündeln – jeder kann etwas beitragen."

Lena fühlte sich gestärkt durch den gemeinsamen Fokus auf das Ziel. In diesem Moment wurde ihr klar: Sie war nicht mehr allein im Kampf gegen die Ungerechtigkeit.

9.3 Vorbereitung auf den großen Schlag

Die Tage vergingen schnell, während Lena und Jonas sich intensiv auf den bevorstehenden Schlag vorbereiteten. In einem versteckten Raum, umgeben von alten Kisten und dem Geruch von feuchtem Holz, trafen sie sich mit anderen Mitgliedern des Widerstands. „Wir müssen alles genau planen", sagte Lena und blickte in die Runde. „Jeder muss wissen, was zu tun ist."

„Ich habe einige Informationen über die Sicherheitsprotokolle der Firma gesammelt", fügte Jonas hinzu. „Es gibt einen Wechsel der Wachen alle zwei Stunden, was uns ein kleines Zeitfenster gibt."

- „Wir sollten auch die Alarmanlagen deaktivieren", schlug ein neuer Teilnehmer vor.
- „Und wir brauchen eine Fluchtstrategie für alle Beteiligten", ergänzte eine andere Stimme aus der Gruppe.
- „Ich kann mich um die technische Seite kümmern", bot ein junger Mann an, dessen Augen vor Entschlossenheit funkelten.

Lena nickte zustimmend. „Das sind gute Ideen. Wir müssen sicherstellen, dass jeder seine Rolle kennt und wir im Notfall schnell reagieren können." Sie spürte das Gewicht der Verantwortung auf ihren Schultern, aber gleichzeitig auch den Zusammenhalt in der Gruppe.

„Was ist mit unseren Kommunikationsmitteln? Wir dürfen nicht abgehört werden", erinnerte Jonas alle daran. „Wir sollten verschlüsselte Nachrichten verwenden und uns nur persönlich treffen."

- „Ich habe ein sicheres Gerät besorgt, das wir nutzen können", sagte eine Frau mit kurzen Haaren.
- „Und ich kenne einen Ort außerhalb der Stadt für unsere Treffen", fügte ein anderer hinzu.

Lena fühlte sich gestärkt durch die Unterstützung ihrer Mitstreiter. „Wenn wir zusammenarbeiten und uns gegenseitig vertrauen, können wir es schaffen", rief sie aus und sah in entschlossene Gesichter. Der große Schlag war nicht mehr weit entfernt – sie waren bereit, alles zu riskieren für ihre Überzeugungen.

10
Der Countdown beginnt

10.1 Infiltration des Konzerns

Die Nacht war still, als Lena sich in die Schatten der gläsernen Wolkenkratzer schlich. Ihr Herz schlug schnell, während sie den Zugang zum Hauptquartier des Konzerns suchte. „Bist du sicher, dass das der richtige Weg ist?", flüsterte Mia nervös hinter ihr. Lena drehte sich um und sah ihre beste Freundin an, deren Augen vor Angst glänzten.

„Wir müssen es tun, Mia. Wenn wir nicht herausfinden, was sie mit unserer Forschung anstellen, wird alles verloren sein", antwortete Lena entschlossen. Sie wusste, dass die Zeit drängte; jeder Tag brachte neue Fortschritte für den Konzern und damit eine größere Gefahr für die Menschheit.

Als sie schließlich den Eingang erreichten, hielt Lena inne und betrachtete die hochmodernen Sicherheitsvorrichtungen. „Ich habe einen Plan", sagte sie leise und zog ein kleines Gerät aus ihrer Tasche. „Das hier kann die Sicherheitssysteme kurzzeitig lahmlegen."

- Ein kurzer Blick auf das Gerät zeigte grüne Lichter – es war bereit.
- Mia atmete tief durch: „Wenn wir erwischt werden..."
- Lena unterbrach sie: „Wir werden nicht erwischt! Glaub mir!"

Mit einem schnellen Handgriff aktivierte Lena das Gerät. Die Lichter am Eingang flackerten und erloschen dann vollständig. „Jetzt!", rief sie und schlüpfte durch die Tür.

Im Inneren war es düster und kühl. Überall waren Bildschirme mit Datenströmen zu sehen – Ergebnisse von Experimenten, die nie das Licht der Öffentlichkeit hätten erblicken dürfen. „Schau dir das an!", rief Lena begeistert und deutete auf einen Bildschirm voller genetischer Codes.

Mia trat näher und ihre Augen weiteten sich vor Schock. „Das sind Menschenversuche! Sie nutzen unsere Arbeit für etwas Unvorstellbares!" Ihre Stimme zitterte vor Entsetzen.

Lena nickte ernsthaft: „Wir müssen Beweise sammeln und alles dokumentieren." Doch gerade als sie anfingen zu arbeiten, hörten sie Schritte im Flur. Ein kaltes Gefühl breitete sich in Lenas Magen aus.

„Schnell! Versteck dich!" flüsterte Lena hastig, während sie nach einem sicheren Platz suchten.

10.2 Sabotage von innen

Die Dunkelheit des Hauptquartiers schien Lena und Mia zu umarmen, während sie sich in den Schatten versteckten. „Was, wenn wir nicht die einzigen sind?", flüsterte Mia nervös und schaute sich um. „Was ist, wenn jemand hier drinnen mit ihnen zusammenarbeitet?"

Lena überlegte kurz. „Das wäre katastrophal. Aber wir müssen herausfinden, ob es so ist." Sie wusste, dass der Konzern nicht nur gegen ihre Forschung arbeitete; sie könnte auch Feinde innerhalb ihrer eigenen Reihen haben.

Plötzlich hörten sie Stimmen aus dem Flur. „Ich kann nicht glauben, dass wir das tun", sagte eine männliche Stimme. „Wenn sie uns erwischen..."

Mia hielt den Atem an und sah Lena an. „Das klingt nach einem Insider."

- „Wir müssen hören, was sie sagen", flüsterte Lena entschlossen.
- Mia nickte zögerlich: „Aber was ist, wenn sie uns sehen?"
- Lena antwortete: „Wir haben keine Wahl!"

Sie schlichen näher an die Wand und lauschten gespannt. Ein Mann sprach weiter: „Die Daten sind bereit für die Übergabe. Wir müssen sicherstellen, dass alles glatt läuft." Seine Stimme war kalt und berechnend.

„Und was ist mit den anderen? Was ist mit Lena und Mia? Sie dürfen nichts erfahren!", entgegnete eine andere Stimme voller Angst.

Lena spürte einen Schauer über ihren Rücken laufen. „Sie wissen von uns! Wir müssen schnell handeln!" Sie zog Mia hinter einen großen Tisch, der als Deckung diente.

Mia zitterte: „Was sollen wir tun? Wenn wir jetzt eingreifen..."

„Wir sabotieren ihre Pläne von innen! Wenn wir Beweise finden können, wird das alles aufdecken", erklärte Lena mit fester Stimme.

- „Wie sollen wir das machen?" fragte Mia skeptisch.
- Lena grinste plötzlich: „Wir nutzen ihre eigene Technologie gegen sie."
- Mia sah sie überrascht an: „Du meinst..."

„Ja! Lass uns ihre Systeme infiltrieren und die Daten löschen oder manipulieren", sagte Lena entschlossen. Die Zeit drängte – jeder Moment zählte im Kampf gegen den Konzern.

10.3 Der Plan gerät ins Wanken

Die Anspannung in der Luft war greifbar, als Lena und Mia sich in den dunklen Korridoren des Hauptquartiers bewegten. „Wir müssen schnell sein", flüsterte Lena, während sie die Tür zum Serverraum erreichten. „Wenn wir die Daten manipulieren, können wir ihre Pläne durchkreuzen."

Mia zögerte einen Moment. „Was ist, wenn wir erwischt werden? Wir haben keine Backup-Option." Ihre Stimme war ein Hauch von Angst.

Lena sah sie entschlossen an. „Wir haben keine Wahl! Wenn wir jetzt nicht handeln, sind wir verloren." Sie drückte die Tür auf und trat ein. Die blauen Lichter der Server blinkten monoton und schienen das Versprechen von Macht und Gefahr zu verkörpern.

- „Ich werde versuchen, mich in das System einzuloggen", sagte Lena und setzte sich an den Computer.
- Mia hielt Wache am Eingang: „Beeil dich! Ich habe ein ungutes Gefühl."

Während Lena tippte, hörte sie plötzlich Schritte im Flur. Ihr Herz raste. „Mia! Jemand kommt!"

Mia blickte panisch umher. „Was sollen wir tun?" Sie wusste, dass jede Sekunde zählte.

Lena atmete tief durch und versuchte, ruhig zu bleiben. „Ich muss nur noch ein paar Sekunden…" Doch gerade als sie den letzten Befehl eingeben wollte, wurde die Tür aufgerissen.

Ein Sicherheitsmann stand im Rahmen der Tür und starrte sie an. „Was macht ihr hier?" Seine Stimme war laut und autoritär.

- Lena sprang auf: „Wir… ähm… wir suchen nach einem Fehler im System!"
- Mia trat hinter Lena hervor: „Ja! Ein technisches Problem!"

Der Mann schüttelte den Kopf und kam näher. „Das glaube ich nicht. Ihr müsst mit mir kommen." Sein Blick war misstrauisch.

Lena spürte, wie ihr Plan ins Wanken geriet. Sie musste schnell denken: „Warte! Wir können dir helfen! Wenn du uns eine Chance gibst…"

Doch der Sicherheitsmann war bereits skeptisch geworden und zog sein Funkgerät hervor. In diesem Moment wurde klar: Ihr Vorhaben könnte scheitern, bevor es überhaupt begonnen hatte.

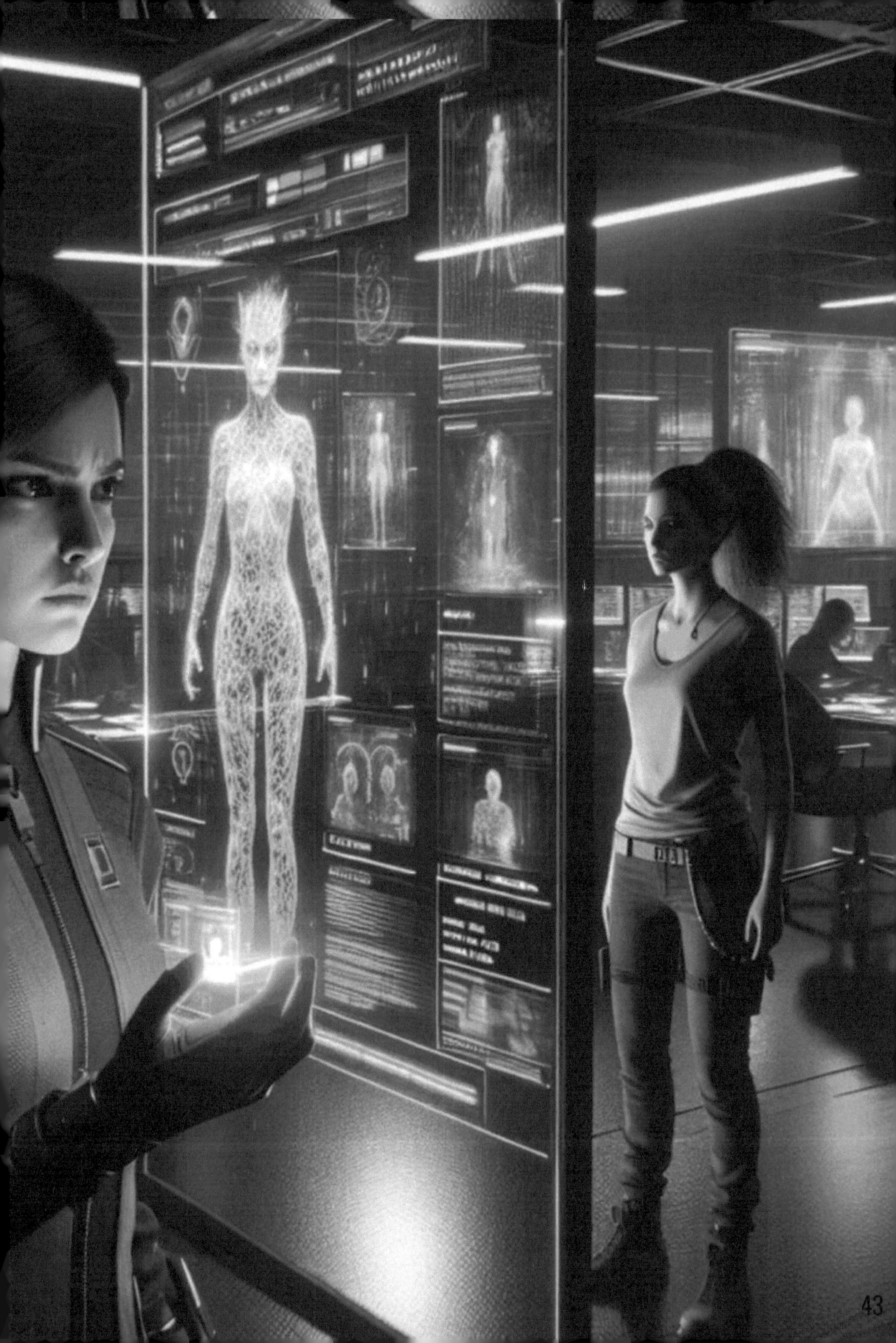

11
Offenbarungen

11.1 Enthüllungen über den Konzernführer

In der schimmernden Hochhaussilhouette der Metropole, wo die Grenzen zwischen Mensch und Maschine verschwommen sind, steht der Konzernführer Viktor Stein als Schattenfigur im Mittelpunkt des Geschehens. Lena hatte ihn immer nur als charismatischen Visionär wahrgenommen, doch je tiefer sie in ihre Recherchen eintauchte, desto mehr offenbarte sich ein düsteres Bild.

"Lena, du musst dir das ansehen," drängte Mia, während sie hastig durch die Datenbank blätterte. "Die Berichte über Stein sind alarmierend. Er hat nicht nur die Kontrolle über die genetische Optimierung; er manipuliert auch die öffentliche Meinung."

Lena runzelte die Stirn. "Was meinst du mit manipulieren?"

Mia lehnte sich näher zu Lena und flüsterte: "Er hat eine geheime Abteilung für psychologische Kriegsführung eingerichtet. Sie nutzen soziale Medien und Werbung, um das Bild von genetisch optimierten Menschen als überlegen zu festigen."

- **Manipulation der Medien:** Stein lässt gezielt Informationen streuen, um seine Agenda voranzutreiben.
- **Geheime Experimente:** Es gibt Gerüchte über unethische Tests an unoptimierten Menschen.
- **Korrupte Verbindungen:** Stein hat enge Beziehungen zu politischen Entscheidungsträgern aufgebaut.

"Das ist nicht nur gefährlich," murmelte Lena und spürte ein Unbehagen in ihrer Magengegend. "Es ist unmenschlich."

Mia nickte zustimmend. "Wir müssen Beweise sammeln und diese Informationen veröffentlichen. Die Menschen haben das Recht zu wissen, was hier vor sich geht."

Lena fühlte den Druck auf ihren Schultern wachsen. Der Gedanke daran, gegen einen so mächtigen Gegner wie Stein anzutreten, war beängstigend. Doch gleichzeitig brannte in ihr der Wunsch nach Gerechtigkeit.

"Wenn wir es richtig machen," sagte Lena entschlossen, "könnte dies alles verändern."

11.2 Lena erfährt ihre wahre Herkunft

Die Entdeckung über Viktor Stein hatte Lena in einen Strudel aus Fragen und Zweifeln gestürzt. Doch als sie eines Abends in ihrem kleinen, chaotischen Büro saß, klopfte es an der Tür. Es war Mia, die mit einem besorgten Gesichtsausdruck hereinkam.

"Lena, ich habe etwas gefunden," sagte Mia atemlos und hielt ein altes Dokument in der Hand. "Es geht um deine Familie."

Lena spürte, wie ihr Herz schneller schlug. "Was meinst du damit?"

Mia setzte sich auf den Stuhl gegenüber und breitete das Dokument aus. "Hier steht, dass deine Eltern Teil eines geheimen Projekts waren – einer Initiative zur genetischen Optimierung."

- **Geheime Forschung:** Deine Eltern haben an Experimenten teilgenommen, die darauf abzielten, Menschen zu verbessern.
- **Verschwundene Akten:** Viele Informationen wurden absichtlich gelöscht oder verborgen.
- **Verborgene Identität:** Du bist nicht nur ein gewöhnlicher Mensch; du bist das Ergebnis dieser Experimente.

Lena starrte auf das Dokument und fühlte sich plötzlich wie ein Fremder in ihrem eigenen Leben. "Das kann nicht wahr sein," murmelte sie. "Ich bin also...?"

Mia nickte ernsthaft. "Ja, es sieht so aus, als ob du eine von Steins Kreationen bist."

"Aber warum hat mir niemand davon erzählt? Warum wurde ich nicht informiert?" fragte Lena verzweifelt.

"Vielleicht wollten sie dich schützen oder vielleicht war es Teil des Plans," antwortete Mia leise. "Wir müssen herausfinden, was wirklich passiert ist."

Lena fühlte sich hin- und hergerissen zwischen Wut und Traurigkeit. Die Wahrheit über ihre Herkunft könnte alles verändern – nicht nur für sie selbst, sondern auch für den Kampf gegen Stein.

"Wenn ich das herausfinde," sagte Lena entschlossen, "kann ich vielleicht auch andere retten."

11.3 Entscheidung für Gerechtigkeit

Lena saß in ihrem Büro, das Dokument über ihre Herkunft vor sich ausgebreitet. Die Worte schienen zu flüstern, während sie die Realität ihrer Existenz verarbeiteten. "Ich kann nicht einfach tatenlos zusehen," sagte sie entschlossen und sah Mia an. "Wir müssen etwas unternehmen."

Mia nickte zustimmend, aber ihre Augen waren besorgt. "Was hast du im Sinn? Es ist gefährlich, gegen Stein vorzugehen."

"Ich weiß," antwortete Lena und ballte die Fäuste. "Aber ich kann nicht zulassen, dass er weiterhin mit Menschen spielt wie mit Schachfiguren. Ich muss herausfinden, was er wirklich plant und wer noch betroffen ist."

- **Die Wahrheit aufdecken:** Lena wollte Beweise sammeln, um Steins Machenschaften zu entlarven.
- **Allianzen bilden:** Sie wusste, dass sie Verbündete brauchte – Menschen, die bereit waren zu kämpfen.
- **Rettung anderer:** Ihr Ziel war es nicht nur, sich selbst zu befreien, sondern auch anderen zu helfen.

"Wir könnten ein Netzwerk aufbauen," schlug Mia vor. "Es gibt sicher andere wie dich da draußen."

"Ja! Und wir müssen vorsichtig sein," erwiderte Lena und dachte an die Gefahren. "Stein hat viele Ressourcen und wird alles tun, um seine Geheimnisse zu schützen."

Mia lehnte sich zurück und überlegte: "Vielleicht sollten wir zuerst Informationen sammeln – herausfinden, wo seine Labore sind oder welche Experimente er durchführt."

Lena spürte einen Funken Hoffnung in ihr aufblitzen. "Das ist der erste Schritt! Wenn wir genug Beweise haben, können wir die Öffentlichkeit informieren oder sogar die Behörden einschalten."

"Und wenn das nicht funktioniert?" fragte Mia skeptisch.

"Dann müssen wir selbst aktiv werden," antwortete Lena mit fester Stimme. "Ich werde nicht zulassen, dass meine Vergangenheit mich definiert oder andere in Gefahr bringt."

In diesem Moment wurde ihr klar: Der Weg zur Gerechtigkeit würde steinig sein, aber sie war bereit zu kämpfen – für sich selbst und für all jene, die unter Steins Schatten litten.

12
Der große Durchbruch

12.1 Erfolg gegen alle Wahrscheinlichkeit

Die Laboratmosphäre war angespannt, als Lena vor dem großen Bildschirm stand, der die neuesten Ergebnisse ihrer Forschung anzeigte. Ihr Herz schlug schneller, während sie die Daten analysierte. „Das kann nicht sein", murmelte sie und wandte sich an Mia, die skeptisch in einer Ecke des Raumes stand.

„Was ist los?", fragte Mia und trat näher. „Du siehst aus, als hättest du einen Geist gesehen."

Lena deutete auf den Bildschirm. „Die genetischen Modifikationen haben tatsächlich funktioniert! Die Probanden zeigen eine signifikante Verbesserung ihrer kognitiven Fähigkeiten – viel mehr als wir erwartet hatten."

Mia schüttelte den Kopf. „Aber zu welchem Preis? Du weißt, dass diese Ergebnisse auch für dunkle Zwecke missbraucht werden könnten."

„Ich verstehe deine Bedenken", antwortete Lena und versuchte, ihre innere Unruhe zu verbergen. „Aber denk doch mal nach! Wir könnten das Leben von Millionen Menschen verbessern!"

- Verbesserung der Gedächtnisleistung
- Erhöhung der Lernfähigkeit
- Steigerung der emotionalen Intelligenz

Mia seufzte und sah Lena direkt in die Augen. „Und was ist mit den ethischen Implikationen? Was passiert mit denen, die sich diese Optimierungen nicht leisten können?"

Lena spürte den Druck ihrer eigenen Überzeugungen. Sie wollte helfen, aber gleichzeitig wusste sie um die Gefahren des Machtmissbrauchs durch den Konzern. „Ich werde sicherstellen, dass unsere Forschung nicht in falsche Hände gerät", versprach sie.

Mia lächelte schwach. „Das hast du schon einmal gesagt, Lena. Aber diesmal könnte es anders sein."

Ein Gefühl der Entschlossenheit überkam Lena. Sie musste einen Weg finden, ihre Entdeckungen zu nutzen und gleichzeitig die Kontrolle über ihre Arbeit zu behalten. Der Erfolg war greifbar – aber er kam mit einem hohen Risiko.

12.2 Die Welt nimmt Notiz

Die Nachrichten über Lenas bahnbrechende Forschung verbreiteten sich wie ein Lauffeuer. In den sozialen Medien und auf Nachrichtenseiten wurde über die erstaunlichen Ergebnisse berichtet, die sie und ihr Team erzielt hatten. „Hast du das gesehen?", fragte Mia, während sie durch ihren Feed scrollte. „Die ganze Welt spricht darüber!"

Lena saß an ihrem Schreibtisch, umgeben von Papieren und Notizen, als Mia hereinkam. „Es gibt sogar eine Debatte im Fernsehen! Experten diskutieren die ethischen Fragen rund um deine Entdeckungen."

„Das ist genau das, was ich befürchtet habe", murmelte Lena und rieb sich die Schläfen. „Ich wollte helfen, nicht einen Sturm auslösen."

Mia setzte sich neben sie und sah sie ernst an. „Aber vielleicht ist das der Preis für Fortschritt. Du hast etwas Großes erreicht, Lena! Die Menschen müssen darüber sprechen."

- Medienberichterstattung über kognitive Verbesserungen
- Öffentliche Diskussionen über Ethik in der Wissenschaft
- Interesse von Investoren und Unternehmen

Lena seufzte tief. „Ja, aber was ist mit den Risiken? Was passiert mit denen, die diese Technologien missbrauchen könnten?" Sie fühlte sich hin- und hergerissen zwischen dem Wunsch zu helfen und der Angst vor den Konsequenzen ihrer Entdeckungen.

Mia nickte verständnisvoll. „Das sind berechtigte Sorgen. Aber du kannst nicht leugnen, dass es auch viele positive Möglichkeiten gibt." Sie zeigte auf einen Artikel auf ihrem Bildschirm: „Hier steht, dass deine Forschung das Potenzial hat, Alzheimer zu bekämpfen!"

Lena spürte ein Aufblitzen von Hoffnung inmitten ihrer Zweifel. „Wenn wir es richtig machen können…" begann sie zögerlich.

Mia lächelte ermutigend. „Genau! Lass uns sicherstellen, dass wir die Kontrolle behalten und verantwortungsvoll handeln." Lena wusste, dass dies nur der Anfang war – ihre Arbeit würde nicht unbemerkt bleiben.

12.3 Feiern und Folgen

Lena fühlte sich unwohl im Mittelpunkt der Aufmerksamkeit. „Es ist nur ein kleiner Schritt", murmelte sie und sah auf die bunten Luftballons, die an der Decke schwebten. „Ich mache mir mehr Sorgen über das, was als Nächstes kommt."

Mia schüttelte den Kopf. „Komm schon! Lass uns diesen Moment genießen! Du hast etwas erreicht, das viele für unmöglich hielten." Sie reichte Lena ein Glas Sekt. „Auf dich!"

„Auf uns", erwiderte Lena zögerlich und stieß mit Mia an. Die anderen Gäste – Kollegen und Freunde – applaudierten und begannen, sich um sie zu versammeln.

- Einige lobten Lenas Arbeit als revolutionär.
- Andere diskutierten leidenschaftlich über die ethischen Implikationen ihrer Forschung.
- Ein Investor äußerte Interesse an einer Zusammenarbeit.

„Hast du gehört? Es gibt bereits Anfragen von großen Unternehmen", sagte ein Kollege mit funkelnden Augen. „Das könnte dein Leben verändern!"

Lena nickte langsam, aber ihre Gedanken waren bei den möglichen Konsequenzen ihrer Entdeckungen. „Was ist mit den Risiken? Was passiert, wenn jemand diese Technologie missbraucht?"

Mia legte beruhigend eine Hand auf ihren Arm. „Wir werden sicherstellen, dass alles verantwortungsvoll gehandhabt wird. Du bist nicht allein in dieser Sache."

Die Feier ging weiter, doch in Lenas Kopf kreisten Fragen und Zweifel wie ein Sturm. Während sie lachte und mit Freunden sprach, spürte sie gleichzeitig das Gewicht ihrer Verantwortung auf ihren Schultern.

13
Rückzug und Reflexion

13.1 Zeit allein

Die Dämmerung senkte sich über die gläserne Metropole, als Lena in ihrer kleinen Wohnung ankam. Der Lärm der Stadt war ein ständiger Begleiter, doch in diesen Momenten der Einsamkeit schien er zu verstummen. Sie setzte sich an ihren Schreibtisch, umgeben von Notizen und Skizzen ihrer Forschung. **Die Gedanken wirbelten in ihrem Kopf**, während sie versuchte, die ethischen Fragen zu klären, die sie seit Wochen quälten.

"Lena, du musst dich entscheiden", murmelte sie leise zu sich selbst. "Willst du wirklich Teil dieses Systems sein?" Die Worte ihrer besten Freundin Mia hallten in ihrem Gedächtnis wider: "Es ist nicht nur Wissenschaft, es sind Menschenleben."

In diesem Moment klopfte es an der Tür. Es war Mia, ihre Augen voller Sorge. "Ich habe mir Sorgen gemacht", sagte sie und trat ein. "Wie geht es dir?"

"Ich weiß nicht", antwortete Lena und ließ ihren Blick auf den Tisch sinken. "Ich fühle mich gefangen zwischen dem Wunsch, etwas Gutes zu tun und dem Wissen, dass ich möglicherweise Unrecht tue."

- "Du bist eine Genetikerin, Lena! Du hast die Macht, das Leben zu verändern!"
- "Aber was ist der Preis dafür? Was passiert mit denen, die nicht optimiert werden können?"
- "Wir müssen für alle kämpfen – nicht nur für die Privilegierten!"

Mia setzte sich neben sie und nahm ihre Hand. "Du bist nicht allein in diesem Kampf. Wir müssen zusammenarbeiten." Ihre Stimme war fest und beruhigend.

Lena fühlte einen Funken Hoffnung aufblitzen. Vielleicht konnte sie tatsächlich einen Unterschied machen – aber zuerst musste sie herausfinden, wie tief das System verwurzelt war und welche Geheimnisse es verbarg.

In dieser stillen Stunde des Nachdenkens wurde ihr klar: Die Zeit allein war nicht nur eine Flucht vor der Realität; es war auch eine Gelegenheit zur Reflexion über ihre Werte und Überzeugungen.

13.2 Bewertung der Ereignisse

Die letzten Tage hatten Lena in einen Strudel von Emotionen und Gedanken gestürzt. Während sie an ihrem Schreibtisch saß, überkam sie das Bedürfnis, die Geschehnisse zu bewerten, die sie so stark beeinflusst hatten. **Was war wirklich geschehen?** Sie fragte sich, ob ihre Entscheidungen nicht nur ihre eigene Zukunft, sondern auch das Leben anderer Menschen bestimmen würden.

"Lena, du musst dir darüber klar werden", sagte Mia, die wieder bei ihr war. "Es geht nicht nur um deine Forschung; es geht um die Verantwortung, die damit einhergeht." Ihre Stimme war eindringlich und forderte Lena auf, tiefer zu graben.

"Ich weiß", antwortete Lena und starrte auf ihre Notizen. "Aber was ist mit den Menschen? Was ist mit denen, die nicht in unser System passen?"

- "Wir können nicht alle retten," erwiderte Mia sanft. "Aber wir können versuchen, das Beste für viele zu tun."
- "Und wenn wir dabei andere opfern müssen?"
- "Das ist eine schwierige Frage," gab Mia zu. "Aber du bist nicht allein in diesem Dilemma."

Lena fühlte sich hin- und hergerissen zwischen dem Drang nach Fortschritt und der moralischen Last ihrer Entscheidungen. Die Worte ihrer Freundin hallten in ihrem Kopf: **„Es sind Menschenleben."**

In einem Moment der Stille dachte Lena an all die Gespräche mit ihren Kollegen – an den Enthusiasmus über neue Entdeckungen und an die unbehaglichen Fragen, die oft im Raum standen. "Haben wir uns selbst verloren?", murmelte sie schließlich.

Mia nickte verständnisvoll. "Wir müssen uns immer wieder fragen: Was bedeutet es für uns als Wissenschaftlerinnen? Und wie können wir sicherstellen, dass unsere Arbeit ethisch bleibt?"

Lena wusste jetzt: Die Bewertung der Ereignisse war kein einmaliger Prozess; es war eine ständige Reflexion über Werte und Überzeugungen – ein notwendiger Schritt auf dem Weg zur Veränderung.

13.3 Zukunftspläne machen

Die Gedanken über die vergangenen Ereignisse schwirrten weiterhin in Lenas Kopf, während sie sich mit Mia an einem kleinen Tisch in ihrem Lieblingscafé traf. Der Duft von frisch gebrühtem Kaffee und warmen Croissants umhüllte sie, doch der Genuss blieb aus. "Ich kann nicht aufhören, darüber nachzudenken, was als Nächstes kommt", gestand Lena und starrte in ihre Tasse.

"Das ist verständlich", antwortete Mia und nahm einen Schluck von ihrem Getränk. "Aber du musst auch einen Plan für die Zukunft entwickeln. Was möchtest du erreichen?"

Lena seufzte tief. "Ich weiß es nicht genau. Ich habe das Gefühl, dass ich mehr tun sollte – nicht nur für meine Forschung, sondern auch für die Menschen, die davon betroffen sind." Sie blickte auf und sah Mias ermutigendes Lächeln.

- "Was wäre mit einer Initiative zur Aufklärung über unsere Ergebnisse?" schlug Mia vor. "Du könntest Workshops organisieren."
- "Das klingt gut," erwiderte Lena nachdenklich. "Aber wie erreiche ich die Menschen außerhalb unserer Blase?"
- "Vielleicht durch soziale Medien oder lokale Veranstaltungen? Du hast eine Stimme; nutze sie!"

Lena nickte langsam. Die Idee, ihre Erkenntnisse zu teilen und andere zu inspirieren, begann in ihr zu wachsen. "Und was ist mit den ethischen Fragen? Wie kann ich sicherstellen, dass ich niemanden verletze?"

Mia lehnte sich zurück und überlegte kurz. "Es geht darum, transparent zu sein und offen für Feedback zu bleiben. Du kannst nicht alle retten, aber du kannst versuchen, das Beste aus deiner Position herauszuholen."

Ein Funke der Hoffnung blühte in Lena auf. "Vielleicht könnte ich ein Netzwerk gründen – Wissenschaftlerinnen und Wissenschaftler zusammenbringen, um gemeinsam Lösungen zu finden." Ihre Augen leuchteten bei dem Gedanken.

Mia lächelte breit: "Das klingt nach einem großartigen Plan! Und denk daran: Jeder Schritt zählt." Lena fühlte sich ermutigt; es war Zeit für neue Pläne – Zeit für Veränderung.

14
Neuanfänge

14.1 Aufbau einer neuen Ordnung

Die Stadt war in Aufruhr. Nach den Enthüllungen über die Machenschaften des Konzerns war es an der Zeit, eine neue Ordnung zu schaffen. Lena stand auf dem Balkon ihres Labors und blickte auf die gläsernen Wolkenkratzer, die wie riesige Monolithen in den Himmel ragten. „Wir müssen etwas unternehmen", sagte sie entschlossen zu Mia, die neben ihr stand.

„Aber wie? Der Konzern hat das gesamte System in der Hand", erwiderte Mia skeptisch und verschränkte die Arme vor der Brust. „Die Menschen sind so sehr mit ihren eigenen Verbesserungen beschäftigt, dass sie nicht sehen, was wirklich passiert."

Lena drehte sich zu ihr um. „Genau deshalb müssen wir ihnen die Augen öffnen! Wir können eine Bewegung starten, eine Allianz von Natur und Wissenschaft."

- Aufklärungskampagnen über die Gefahren genetischer Manipulation.
- Zusammenarbeit mit anderen Wissenschaftlern, die ebenfalls gegen den Konzern kämpfen.
- Veranstaltungen organisieren, um das Bewusstsein für ethische Fragen zu schärfen.

Mia nickte langsam. „Das klingt nach einem gewaltigen Unterfangen. Aber ich bin dabei." Sie lächelte schwach und ihre Augen funkelten vor Entschlossenheit.

„Wir brauchen auch Unterstützung von denjenigen, die nicht optimiert sind", fügte Lena hinzu. „Sie sind unsere Stimme in dieser Sache."

In den folgenden Wochen arbeiteten Lena und Mia unermüdlich daran, ihre Vision umzusetzen. Sie organisierten Treffen mit Gleichgesinnten und begannen, Informationen über die Risiken der genetischen Optimierung zu verbreiten. Die ersten Reaktionen waren gemischt; einige waren begeistert von der Idee einer neuen Ordnung, während andere skeptisch blieben.

Eines Abends saßen sie in einem kleinen Café und diskutierten ihre nächsten Schritte. „Wir müssen einen Weg finden, um mehr Menschen zu erreichen", sagte Lena nachdenklich. „Vielleicht sollten wir soziale Medien nutzen oder sogar eine Plattform gründen."

Mia nickte zustimmend: „Ja! Lass uns ein Manifest erstellen – ein

14.2 Integration alter Feinde

Die ersten Schritte zur Schaffung einer neuen Ordnung waren vielversprechend, doch Lena und Mia wussten, dass sie mehr Unterstützung benötigten. Eines Abends saßen sie in ihrem Café, als ein unerwarteter Besucher eintrat: Jonas, ein ehemaliger Mitarbeiter des Konzerns, der einst für seine skrupellosen Methoden bekannt war.

„Ich weiß, dass ihr mir nicht traut", begann Jonas zögerlich und setzte sich an ihren Tisch. „Aber ich habe die Seiten gewechselt. Der Konzern ist nicht das, was er zu sein scheint."

Mia schaute skeptisch auf ihn. „Warum sollten wir dir glauben? Du hast uns alle verraten."

„Weil ich die Wahrheit kenne", entgegnete Jonas mit fester Stimme. „Ich habe gesehen, wie die Menschen manipuliert werden – nicht nur genetisch, sondern auch emotional und psychologisch. Ich kann euch helfen."

Lena überlegte kurz und fragte dann: „Was genau kannst du uns anbieten?"

- Informationen über geheime Projekte des Konzerns.
- Zugang zu Kontakten innerhalb der Organisation.
- Strategien zur Bekämpfung ihrer Propaganda.

„Das klingt riskant", murmelte Mia und warf einen besorgten Blick auf Lena. Doch diese war bereits überzeugt von Jonass Angebot.

„Wir müssen bereit sein, alte Feinde zu integrieren", sagte Lena entschlossen. „Wenn wir wirklich eine Bewegung starten wollen, brauchen wir jede Hilfe."

Jonas nickte dankbar und fügte hinzu: „Ich werde alles tun, um das Vertrauen zurückzugewinnen. Lasst uns gemeinsam gegen den Konzern kämpfen."

Mia seufzte tief und sah zwischen den beiden hin und her. „In Ordnung, aber wenn du uns betrügst..." Sie ließ den Satz offen stehen, doch alle wussten um die Bedeutung ihrer Worte.

In den folgenden Wochen arbeiteten sie eng zusammen. Jonas brachte wertvolle Informationen ein und half ihnen dabei, ihre Kampagnen strategisch auszurichten. Die Zusammenarbeit war herausfordernd; alte Wunden mussten geheilt werden und Misstrauen überwunden werden.

Eines Nachts saßen sie wieder im Café und diskutierten ihre Fortschritte. „Es ist erstaunlich zu sehen, wie weit wir gekommen sind", bemerkte Lena lächelnd.

Mia nickte zustimmend: „Ja, aber es wird nie einfach sein – besonders mit jemandem wie ihm an unserer Seite." Sie deutete auf Jonas.

14.3 Hoffnung auf Frieden

Die Tage vergingen, und während Lena, Mia und Jonas an ihren Plänen arbeiteten, schien die Atmosphäre im Café immer schwerer zu werden. Die ständige Bedrohung durch den Konzern lastete auf ihren Schultern. Eines Abends, als sie sich um einen Tisch versammelt hatten, brach Mia das Schweigen.

„Was ist unser Ziel wirklich?", fragte sie mit einem nachdenklichen Blick. „Wollen wir nur gegen den Konzern kämpfen oder streben wir auch nach etwas Größerem?"

Lena sah sie an und erwiderte: „Wir müssen für eine bessere Zukunft kämpfen – für Frieden und Freiheit."

Jonas nickte zustimmend. „Frieden ist nicht nur das Fehlen von Konflikten. Es geht darum, Vertrauen aufzubauen und die Menschen zu vereinen."

Mia runzelte die Stirn. „Aber wie können wir das erreichen? Die Menschen sind so gespalten."

- Durch Aufklärung über die Machenschaften des Konzerns.
- Indem wir Gemeinschaften stärken und unterstützen.
- Durch Dialoge zwischen verschiedenen Gruppen fördern.

Lena lehnte sich zurück und dachte nach. „Wir müssen eine Plattform schaffen, wo jeder gehört wird – egal aus welchem Hintergrund er kommt."

„Das klingt idealistisch", murmelte Mia skeptisch. „Aber ich glaube nicht, dass es einfach sein wird."

„Es wird nie einfach sein", entgegnete Jonas mit fester Stimme. „Aber wenn wir zusammenarbeiten, können wir echte Veränderungen bewirken."

Mia seufzte tief und sah zwischen den beiden hin und her. „Ich will daran glauben, aber ich habe Angst vor dem Scheitern."

Lena legte ihre Hand auf Mias Arm. „Wir dürfen nicht aufgeben! Jeder kleine Schritt zählt in Richtung Frieden." Sie lächelte ermutigend.

In den folgenden Wochen begannen sie mit der Umsetzung ihrer Ideen. Sie organisierten Treffen in verschiedenen Stadtteilen, um Menschen zusammenzubringen und ihnen eine Stimme zu geben. Die Resonanz war überwältigend; viele waren bereit zuzuhören und sich zu engagieren.

Eines Abends saßen sie wieder im Café, um ihre Fortschritte zu besprechen. Lena strahlte vor Freude: „Seht euch an, was wir erreicht haben! Es gibt Hoffnung!"

15
Das Erbe bewahren

15.1 Bewahrung der Geschichte

Inmitten der gläsernen Wolkenkratzer und dem pulsierenden Leben der Metropole, in der Lena lebt, wird die Frage nach der **Bewahrung der Geschichte** immer drängender. Während sie an ihrem Projekt zur genetischen Optimierung arbeitet, spürt sie den Druck des Konzerns, die Vergangenheit zu ignorieren und sich ausschließlich auf die Zukunft zu konzentrieren.

Eines Abends trifft sich Lena mit Mia in einem kleinen Café, das von alten Büchern und Erinnerungen geprägt ist. „Lena", beginnt Mia ernst, „wir können nicht einfach alles hinter uns lassen. Die Geschichte formt uns."

Lena schaut aus dem Fenster, wo holographische Anzeigen die neuesten genetischen Durchbrüche verkünden. „Aber was bringt uns die Vergangenheit? Wir müssen vorwärts schauen!", erwidert sie.

Mia schüttelt den Kopf. „Die Vergangenheit lehrt uns wichtige Lektionen. Wenn wir vergessen, was geschehen ist, wiederholen wir die Fehler." Sie lehnt sich näher zu Lena und fügt hinzu: „Denk an all die Menschen, deren Leben durch diese Technologie verändert wurden – oder zerstört."

- Die Ethik der genetischen Manipulation
- Die sozialen Unterschiede zwischen optimierten und natürlichen Menschen
- Die Verantwortung gegenüber zukünftigen Generationen

Lena spürt einen inneren Konflikt aufsteigen. Sie weiß um die Gefahren ihrer Forschung und sieht gleichzeitig das Potenzial für eine bessere Welt. Doch Mias Worte hallen in ihrem Kopf wider: „Wir müssen unsere Wurzeln kennen."

Lena nickt langsam. „Vielleicht hast du recht. Vielleicht sollten wir nicht nur neue Menschen erschaffen, sondern auch ihre Geschichten erzählen." In diesem Moment erkennt Lena, dass das Erbe der Menschheit nicht nur in Genen liegt, sondern auch in den Erfahrungen und Erinnerungen jedes Einzelnen.

15.2 Lehren für die Zukunft

In den Tagen nach ihrem Gespräch im Café beginnt Lena, über Mias Worte nachzudenken. Die Idee eines Archivs, das die Geschichten derjenigen bewahrt, die unter den Entscheidungen der Technologie gelitten haben, lässt sie nicht los. Eines Abends trifft sie sich erneut mit Mia, um ihre Gedanken zu teilen.

„Mia", sagt Lena und schaut auf ihren Kaffee, „was wäre, wenn wir tatsächlich ein Archiv schaffen könnten? Ein Ort, an dem Menschen ihre Erfahrungen teilen können?"

Mia lächelt ermutigend. „Das wäre ein Anfang. Wir könnten eine Plattform entwickeln, auf der jeder seine Geschichte erzählen kann – sowohl die positiven als auch die negativen Erfahrungen."

Lena nickt nachdenklich. „Aber wie erreichen wir die Menschen? Viele sind so in ihre eigenen Leben vertieft oder von der Technologie abgelenkt."

- Durch Workshops und Veranstaltungen in der Gemeinschaft.
- Indem wir Schulen und Universitäten einbeziehen.
- Mit digitalen Medien und sozialen Netzwerken zur Verbreitung von Geschichten.

Mia hebt eine Augenbraue. „Wir müssen auch sicherstellen, dass diese Geschichten gehört werden. Vielleicht sollten wir prominente Stimmen einladen, um das Bewusstsein zu schärfen."

Lena denkt an ihren Mentor, Dr. Weber, einen angesehenen Ethiker in der Genetik. „Er könnte helfen! Wenn er spricht, hören die Leute zu."

Mia klopft begeistert auf den Tisch. „Genau! Und wir sollten auch Experten aus verschiedenen Bereichen einbeziehen – Historiker, Soziologen und Psychologen – um verschiedene Perspektiven zu bieten."

„Das könnte wirklich etwas bewegen", murmelt Lena und spürt eine Welle der Hoffnung in sich aufsteigen. Sie erkennt nun: Die Lehren aus der Vergangenheit sind nicht nur Erinnerungen; sie sind Werkzeuge für eine bessere Zukunft.

„Wir müssen unsere Wurzeln kennen", wiederholt Lena leise Mias Worte und weiß jetzt mehr denn je: Die Geschichten werden nicht nur bewahrt; sie werden lebendig gemacht und dienen als Leitfaden für kommende Generationen.

15.3 Weitergabe des Wissens

Die Idee eines Archivs, das die Geschichten derjenigen bewahrt, die unter den Entscheidungen der Technologie gelitten haben, wird für Lena und Mia immer greifbarer. In einem kleinen Raum der Universität treffen sie sich mit Dr. Weber, um ihre Vision zu besprechen.

„Wir müssen sicherstellen, dass das Wissen nicht nur gesammelt, sondern auch aktiv weitergegeben wird", erklärt Dr. Weber und blickt ernst auf die beiden Frauen. „Es ist wichtig, dass wir eine Brücke zwischen den Generationen schlagen."

Mia nickt zustimmend. „Wie können wir das am besten erreichen? Ich denke an Workshops in Schulen und Universitäten."

Lena überlegt kurz und fügt hinzu: „Wir könnten auch Mentorenprogramme einrichten, bei denen erfahrene Personen ihr Wissen an jüngere Generationen weitergeben."

- Interaktive Workshops zur Förderung des Dialogs.
- Mentorenprogramme zur persönlichen Entwicklung.
- Online-Plattformen für den Austausch von Erfahrungen.

Dr. Weber lächelt und sagt: „Das sind großartige Ansätze! Aber denkt daran, es geht nicht nur um die Weitergabe von Fakten; es geht darum, Empathie zu fördern und Verständnis zu schaffen."

Lena spürt eine Welle der Inspiration. „Vielleicht sollten wir auch Geschichten aus verschiedenen Kulturen einbeziehen. So können wir zeigen, wie universell diese Themen sind."

Mia schlägt vor: „Wir könnten sogar einen Wettbewerb veranstalten – jeder könnte seine Geschichte einreichen und die besten würden veröffentlicht!"

„Das würde viele motivieren", stimmt Dr. Weber zu. „Und es könnte helfen, eine Gemeinschaft aufzubauen, in der Menschen sich gegenseitig unterstützen."

Lena schaut auf ihre Notizen und bemerkt: Die Weitergabe des Wissens ist nicht nur eine Pflicht; sie ist eine Chance für alle Beteiligten zu wachsen und voneinander zu lernen.

„Lasst uns gemeinsam dafür sorgen", sagt Lena entschlossen. „Die Geschichten werden lebendig gemacht – als Teil unserer gemeinsamen Reise in die Zukunft."

16
Unvorhergesehene Herausforderungen

16.1 Neue Bedrohungen tauchen auf

Die Stadt pulsierte vor Leben, doch in den gläsernen Wolkenkratzern brodelte eine neue Gefahr. Lena saß in ihrem Labor und starrte auf die Bildschirme, die Datenströme über genetische Modifikationen anzeigten. „Es ist nicht nur der Konzern, Lena", sagte Mia, die plötzlich hinter ihr auftauchte. „Es gibt Gerüchte über illegale Experimente außerhalb der Stadt."

Lena drehte sich um, ihre Augen weiteten sich. „Illegale Experimente? Was meinst du damit?"

Mia trat näher und senkte die Stimme. „Ich habe von einer Gruppe gehört, die genetische Optimierung für kriminelle Zwecke nutzt. Sie schaffen Monster – Menschen mit Fähigkeiten, die wir uns nicht einmal vorstellen können."

„Das klingt wie Science-Fiction", erwiderte Lena skeptisch, doch ein mulmiges Gefühl breitete sich in ihrem Magen aus.

- Genetische Manipulation für Verbrechen
- Schaffung von überlegenen Wesen
- Bedrohung der gesellschaftlichen Ordnung

Mia fuhr fort: „Sie nutzen deine Forschung als Grundlage! Du musst das stoppen!" Ihre Stimme war eindringlich und voller Sorge.

Lena fühlte sich hin- und hergerissen. „Aber ich kann nicht einfach alles hinschmeißen! Ich arbeite an etwas Großem!"

Mia schüttelte den Kopf. „Groß ist nicht immer gut, Lena. Denk an die Konsequenzen! Wenn diese Gruppe erst einmal Fuß gefasst hat..." Sie brach ab und sah aus dem Fenster auf die leuchtenden Lichter der Metropole.

„Was sollen wir tun?", fragte Lena schließlich, ihre Stimme kaum mehr als ein Flüstern.

Mia legte eine Hand auf Lenas Schulter. „Wir müssen Beweise sammeln und herausfinden, wer dahintersteckt. Es könnte unsere einzige Chance sein."

Lena nickte langsam, während sie den Ernst der Lage begriff. Die Bedrohung war realer als je zuvor – nicht nur für sie selbst, sondern für alle Menschen in dieser Stadt.

16.2 Anpassung an veränderte Umstände

Die drängende Situation erforderte schnelles Handeln. Lena und Mia saßen in einem kleinen, abgedunkelten Raum, umgeben von alten Computern und Notizen. „Wir müssen unsere Strategie ändern", begann Lena, während sie nervös mit ihrem Stift spielte. „Wenn diese Gruppe wirklich genetische Experimente durchführt, dann sind wir nicht nur Wissenschaftler – wir sind auch Zielscheiben."

Mia nickte zustimmend. „Genau! Wir können nicht einfach abwarten, bis sie uns finden. Wir müssen proaktiv sein." Sie lehnte sich vor und sah Lena direkt in die Augen. „Was ist mit deinem Zugang zu den Datenbanken? Vielleicht gibt es dort Hinweise auf ihre Aktivitäten."

Lena überlegte kurz und antwortete: „Das könnte funktionieren, aber ich muss vorsichtig sein. Wenn der Konzern Wind davon bekommt..." Sie brach ab und schüttelte den Kopf.

- Überwachung der Datenströme
- Verschlüsselung ihrer Kommunikation
- Zusammenarbeit mit vertrauenswürdigen Kollegen

Mia unterbrach ihre Gedanken: „Wir sollten auch andere einbeziehen – vielleicht einige von deinen ehemaligen Kommilitonen? Sie könnten wertvolle Informationen haben oder sogar bereit sein zu helfen."

Lena seufzte tief. „Es ist riskant, aber ich sehe keinen anderen Ausweg." Ihre Stimme war fest, doch die Unsicherheit schwang mit. „Ich werde sie kontaktieren und sehen, wer bereit ist zu helfen."

Mia lächelte ermutigend. „Das ist der Geist! Lass uns einen Plan ausarbeiten und alles dokumentieren. Je mehr Beweise wir sammeln können, desto besser stehen unsere Chancen gegen diese Bedrohung."

„Und was ist mit dir? Du bist ebenfalls in Gefahr", fragte Lena besorgt.

Mia winkte ab. „Ich kann auf mich selbst aufpassen. Wichtig ist jetzt, dass wir zusammenarbeiten und uns anpassen – an die neuen Umstände." Sie klopfte Lena auf die Schulter und fügte hinzu: „Gemeinsam sind wir stärker!"

16.3 Stärke zeigen

Die Anspannung im Raum war greifbar, als Lena und Mia sich auf ihre nächsten Schritte vorbereiteten. „Wir müssen jetzt stark sein", sagte Lena mit fester Stimme, während sie die alten Notizen durchblätterte. „Wenn wir uns nicht zusammenreißen, wird das alles umsonst gewesen sein."

Mia nickte zustimmend und stellte den Laptop auf den Tisch. „Genau! Wir dürfen uns nicht von der Angst leiten lassen. Stattdessen sollten wir unsere Stärken nutzen." Sie sah Lena an und fügte hinzu: „Was sind unsere besten Ressourcen?"

- Unsere wissenschaftlichen Kenntnisse
- Das Netzwerk von ehemaligen Kommilitonen
- Die Fähigkeit zur schnellen Anpassung an neue Informationen

Lena überlegte kurz und antwortete: „Wir haben Zugang zu einer Menge Daten, die uns helfen könnten, ihre Aktivitäten zu verstehen. Wenn wir diese Informationen richtig nutzen, können wir einen entscheidenden Vorteil gewinnen." Ihre Augen funkelten vor Entschlossenheit.

Mia lächelte ermutigend. „Und vergiss nicht unsere Kontakte! Ich habe einige alte Freunde aus der Uni, die in verschiedenen Bereichen arbeiten – vielleicht können sie uns unterstützen oder wertvolle Hinweise geben."

Lena atmete tief ein und spürte eine Welle des Mutes in sich aufsteigen. „Du hast recht! Wir müssen alle Möglichkeiten ausschöpfen." Sie griff nach ihrem Handy und begann sofort, Nachrichten zu senden.

„Ich werde auch meine Kontakte aktivieren", sagte Mia entschlossen. „Es ist wichtig, dass wir jetzt zusammenhalten und unser Wissen bündeln." Sie klopfte Lena erneut auf die Schulter. „Gemeinsam sind wir stärker!"

„Ja", stimmte Lena zu und fühlte sich durch Mias Unterstützung bestärkt. „Wir werden nicht zulassen, dass diese Bedrohung uns einschüchtert. Wir zeigen Stärke – für uns selbst und für alle anderen, die betroffen sind."

17
Vor dem Sturm

17.1 Sammeln von Kräften

Die Stadt pulsierte vor Energie, während Lena durch die Straßen eilte. Die gläsernen Wolkenkratzer reflektierten das Licht der untergehenden Sonne und schufen ein kaleidoskopisches Spiel aus Farben. Doch in ihrem Herzen war es dunkel; sie wusste, dass sie sich auf einen gefährlichen Weg begab.

"Lena, du kannst nicht einfach so weitermachen", rief Mia hinter ihr her, als sie versuchte, Schritt zu halten. "Du riskierst alles!"

Lena drehte sich um und sah ihre beste Freundin an. "Ich muss herausfinden, was mit meiner Forschung passiert ist. Wenn ich nichts tue, wird der Konzern noch mehr Menschen manipulieren." Ihre Stimme zitterte vor Entschlossenheit.

Mia schüttelte den Kopf. "Aber was ist mit uns? Was ist mit den Menschen, die nicht optimiert werden wollen? Du bist eine Genetikerin – du weißt, wie gefährlich das ist!"

"Ich kann nicht einfach wegsehen", entgegnete Lena und spürte den Druck ihrer Verantwortung auf ihren Schultern. "Wir müssen Verbündete finden." Sie hielt inne und überlegte kurz. "Vielleicht sollten wir Kontakt zu anderen Wissenschaftlern aufnehmen, die gegen die Praktiken des Konzerns sind."

- Dr. Weber – ein ehemaliger Kollege von Lena, der wegen seiner kritischen Ansichten gefeuert wurde.
- Die Gruppe „Ethische Genetik" – Aktivisten, die sich für Transparenz in der Forschung einsetzen.
- Einige ehemalige Patienten – Menschen, deren Leben durch genetische Optimierung ruiniert wurde.

Mia nickte langsam. "Das klingt nach einem Plan. Aber wir müssen vorsichtig sein." Sie sah sich nervös um, als ob die Schatten selbst lauschten.

"Ja", sagte Lena leise und spürte das Gewicht ihrer Entscheidung auf ihr lasten. "Wir sammeln unsere Kräfte und kämpfen zurück." In diesem Moment wusste sie: Es war Zeit für den Widerstand.

17.2 Letzte Vorbereitungen

Die Nacht war hereingebrochen, und Lena saß an ihrem Schreibtisch, umgeben von Notizen und Diagrammen. Der Raum war schwach beleuchtet, die Schatten tanzten an den Wänden und schienen ihre innere Unruhe widerzuspiegeln. "Wir müssen alles genau planen", murmelte sie, während sie einen Stift zwischen ihren Fingern drehte.

Mia trat ein und schloss die Tür hinter sich. "Hast du schon mit Dr. Weber gesprochen?" fragte sie, während sie sich neben Lena setzte. Ihre Augen waren voller Sorge.

"Ja, er ist bereit zu helfen", antwortete Lena und atmete tief durch. "Er hat einige Kontakte zu ehemaligen Kollegen, die uns unterstützen könnten." Sie spürte eine Welle der Erleichterung; es war wichtig, Verbündete zu haben.

Mia nickte zustimmend. "Das ist gut. Aber was ist mit der Gruppe 'Ethische Genetik'? Glaubst du, dass sie uns wirklich helfen werden?"

Lena überlegte kurz. "Sie sind leidenschaftlich bei der Sache und haben bereits viele Menschen mobilisiert. Wenn wir ihre Unterstützung gewinnen können, wird das unsere Chancen erheblich erhöhen." Sie griff nach einem Zettel und begann eine Liste zu erstellen.

- Dr. Weber kontaktieren – Informationen sammeln.
- Gruppe „Ethische Genetik" anschreiben – Unterstützung anfragen.
- Ehemalige Patienten interviewen – Geschichten dokumentieren.

"Und was ist mit unserer Sicherheit?" fragte Mia besorgt und sah sich nervös um. "Der Konzern wird nicht einfach zusehen."

"Ich weiß", erwiderte Lena ernsthaft. "Deshalb müssen wir vorsichtig sein und alle Kommunikationswege verschlüsseln." Sie stand auf und begann im Raum umherzugehen, während ihre Gedanken rasten.

Mia folgte ihr mit den Augen. "Wir sollten auch einen sicheren Ort für unsere Treffen finden", schlug sie vor. "Vielleicht das alte Labor? Es ist unbenutzt und niemand würde dort nach uns suchen."

Lena hielt inne und lächelte leicht: "Das ist eine brillante Idee! Lass uns alles vorbereiten." In diesem Moment fühlte sie sich stärker; gemeinsam würden sie gegen die Dunkelheit kämpfen.

17.3 Die Ruhe vor dem Sturm

Die Stunden vergingen in einem langsamen, fast quälenden Rhythmus. Lena und Mia hatten sich im alten Labor eingerichtet, das von der Zeit gezeichnet war. Staubige Regale und vergilbte Notizen umgaben sie, während sie an einem Tisch saßen, der mit ihren Plänen überladen war. "Es fühlt sich an, als ob wir auf etwas Großes warten", sagte Mia leise und blickte aus dem Fenster, wo die ersten Sterne am Himmel funkelten.

"Ja", antwortete Lena nachdenklich. "Aber diese Stille ist trügerisch. Wir müssen bereit sein." Sie spürte ein Kribbeln in ihrem Bauch – eine Mischung aus Nervosität und Entschlossenheit. "Hast du die Unterlagen für Dr. Weber vorbereitet?"

Mia nickte und griff nach einem Stapel Papiere. "Hier sind sie. Ich habe auch einige Fragen aufgeschrieben, die wir ihm stellen sollten." Sie legte den Stapel vorsichtig auf den Tisch und sah Lena direkt an: "Was ist, wenn er uns nicht helfen kann?"

Lena schüttelte den Kopf. "Das dürfen wir nicht zulassen! Wir haben zu viel riskiert." Ihre Stimme war fest, aber in ihrem Inneren brodelten Zweifel. **Die Unterstützung von Dr. Weber war entscheidend.**

- Dringende Fragen für Dr. Weber formulieren.
- Strategie zur Kontaktaufnahme mit 'Ethische Genetik' festlegen.
- Sichere Kommunikationswege überprüfen.

"Und was ist mit unseren persönlichen Sicherheitsvorkehrungen?" fragte Mia besorgt und zog nervös ihre Jacke enger um sich. "Wir können nicht einfach darauf vertrauen, dass alles gut geht."

"Ich weiß", erwiderte Lena ernsthaft und sah Mia an. "Wir müssen unsere Spuren verwischen und sicherstellen, dass niemand unsere Schritte verfolgt." Sie atmete tief durch und versuchte, ihre Gedanken zu ordnen.

Mia lächelte schwach: "Gemeinsam schaffen wir das." In diesem Moment fühlten sie beide die Kraft ihrer Freundschaft; es war mehr als nur ein Kampf gegen einen Konzern – es war ein Kampf für Gerechtigkeit.

18
Das Ende eines langen Kampfes

18.1 Der finale Konflikt

Die Luft war elektrisch geladen, als Lena sich dem Hauptquartier des Konzerns näherte. Ihre Gedanken rasten, während sie die gläsernen Wände der Wolkenkratzer betrachtete, die wie ein Gefängnis aus Licht und Schatten wirkten. „Wir müssen das stoppen", flüsterte sie zu Mia, die an ihrer Seite ging. „Es ist nicht nur meine Forschung – es geht um das Leben von Millionen."

Mia sah sie ernst an. „Aber was kannst du tun? Du bist allein gegen einen Giganten."

Lena hielt inne und atmete tief durch. „Ich habe Beweise gesammelt. Wenn ich sie veröffentliche, könnte das alles verändern."

„Und wenn sie dich aufhalten? Was dann?" Mias Stimme war besorgt, doch Lena spürte den Drang, weiterzumachen.

„Ich kann nicht einfach zusehen, wie sie Menschen zu Produkten machen", erwiderte Lena entschlossen.

Als sie das Gebäude betraten, wurden sie von Sicherheitskräften empfangen. „Halt! Was wollt ihr hier?" fragte ein Wachmann mit verschränkten Armen.

Lena trat vor und erklärte: „Wir sind hier für eine wichtige Angelegenheit – es geht um die genetische Manipulation!"

Der Wachmann schüttelte den Kopf. „Ihr habt hier nichts verloren." Doch bevor er reagieren konnte, drängte Lena vorbei und rief: „Ich werde die Wahrheit ans Licht bringen!"

Im Inneren des Gebäudes fand Lena sich in einem Labyrinth aus Gängen wieder, jeder Schritt hallte in der Stille wider. Plötzlich hörte sie Stimmen hinter einer Tür:

- „Wir müssen sicherstellen, dass niemand von Lenas Entdeckungen erfährt."
- „Wenn wir ihre Daten löschen können, ist alles gesichert."

Lena erstarrte. Sie wusste jetzt: Es gab kein Zurück mehr. Mit einem Blick zu Mia sagte sie: „Das ist unser Moment." Gemeinsam stürmten sie in den Raum und konfrontierten die Wissenschaftler.

"Was ihr tut, ist unmenschlich!", rief Lena mit fester Stimme.

Mia fügte hinzu: "Die Welt braucht keine perfekten Menschen – wir brauchen Menschlichkeit!" Die Worte hallten durch den Raum und schufen einen Moment der Unsicherheit unter den Anwesenden.

18.2 Opfer bringen

Die Konfrontation mit den Wissenschaftlern hatte Lena und Mia in eine prekäre Lage gebracht. Während die Worte von Lenas leidenschaftlichem Aufruf noch in der Luft schwebten, spürte Lena, dass sie bereit sein musste, alles zu opfern. „Wir können nicht einfach gehen", sagte sie entschlossen und sah Mia an. „Wenn wir jetzt aufgeben, wird sich nichts ändern."

Mia zögerte, ihre Augen suchten nach einem Ausweg. „Aber was ist mit uns? Was passiert, wenn sie uns aufhalten?"

Lena trat einen Schritt näher und flüsterte: „Es geht um mehr als nur uns. Es geht um die Zukunft." Sie wusste, dass sie nicht allein war; die Menschen hinter diesen Türen waren ebenfalls gefangen in einem System, das sie nicht kontrollieren konnten.

„Wir müssen die Daten sichern", schlug Mia vor. „Wenn wir Beweise haben, können wir andere mobilisieren."

- „Ich kann den Serverraum hacken", bot ein junger Wissenschaftler an, der bis dahin still gewesen war.
- „Aber ich brauche Ablenkung", fügte er hinzu und sah nervös zu den anderen Wissenschaftlern.
- „Ich werde es tun", erklärte Lena ohne zu zögern.

Mia blickte besorgt zu Lena. „Das ist gefährlich! Du könntest gefasst werden!"

Lena lächelte schwach. „Manchmal muss man Risiken eingehen. Wenn ich das tue, dann für alle da draußen – für diejenigen, die keine Stimme haben." Sie spürte das Gewicht ihrer Entscheidung und wusste, dass dies ihr Moment war.

„Ich komme mit dir", entschied sich Mia schließlich und griff nach Lenas Hand. Gemeinsam gingen sie zur Tür des Serverraums. Die Anspannung war greifbar; jeder Schritt könnte der letzte sein.

Als sie eintraten und die Maschinen summten wie ein drohendes Ungeheuer, wusste Lena: Um etwas Großes zu erreichen, mussten sie bereit sein zu kämpfen – selbst wenn es bedeutete, persönliche Opfer zu bringen.

18.3 Neubeginn

Die Luft war erfüllt von einer Mischung aus Anspannung und Hoffnung, als Lena und Mia den Serverraum verließen. Die Daten waren gesichert, aber der Preis für ihre Entschlossenheit war hoch. „Was jetzt?", fragte Mia, während sie sich in einem schummrigen Flur umblickte.

Lena atmete tief ein und spürte das Gewicht ihrer Entscheidung auf ihren Schultern. „Wir müssen die Informationen an die Öffentlichkeit bringen", antwortete sie entschlossen. „Es ist Zeit für einen Neubeginn."

Mia nickte, doch ihre Augen verrieten Zweifel. „Und was ist mit den Wissenschaftlern? Was passiert mit ihnen?"

- „Wir können nicht alle retten", sagte Lena leise, „aber wir können sicherstellen, dass ihr Opfer nicht umsonst war."
- „Ich habe Kontakte zu Journalisten", fügte Mia hinzu. „Wenn wir die Beweise richtig präsentieren, könnten wir eine Welle der Unterstützung auslösen."
- „Das klingt riskant", murmelte Lena nachdenklich.

„Risiken sind Teil des Spiels", erwiderte Mia mit einem schwachen Lächeln. „Denk daran, warum wir hier sind."

In diesem Moment spürten beide Frauen eine neue Entschlossenheit in sich aufsteigen. Sie hatten nicht nur Informationen gesammelt; sie hatten auch eine Gemeinschaft gebildet – Menschen, die bereit waren zu kämpfen.

„Lass uns zurückgehen und die anderen informieren", schlug Lena vor. „Wir müssen alle zusammenarbeiten."

Als sie durch die Gänge gingen, fühlten sie sich wie Kriegerinnen auf dem Weg in eine neue Ära. Der Kampf hatte zwar Spuren hinterlassen, aber er hatte auch den Grundstein für etwas Größeres gelegt: einen Neubeginn für all jene, die unterdrückt wurden.

Lena wusste, dass es kein einfacher Weg sein würde; es würde Rückschläge geben und Herausforderungen warten. Doch in ihrem Herzen trugen sie das Feuer des Wandels – ein Feuer, das nicht erlöschen würde.

Synopsis für "Künstliche Evolution 2050 – Der Preis der genetischen Optimierung"

Im Jahr 2050 hat sich die Welt durch genetische Manipulation und Optimierung radikal verändert. In einer hochentwickelten Metropole, in der Technologie und Biowissenschaften miteinander verschmelzen, leben Menschen in gläsernen Wolkenkratzern, während die Kluft zwischen den genetisch optimierten Individuen und den „natürlichen" Menschen immer größer wird. Die Geschichte folgt Lena, einer talentierten Genetikerin, die an einem bahnbrechenden Projekt arbeitet, das darauf abzielt, menschliche Fähigkeiten zu verbessern. Getrieben von dem Wunsch, das Leben der Menschen zu bereichern und persönlichen Motiven, findet sich Lena in einem moralischen Dilemma wieder.

Lenas beste Freundin Mia ist eine der wenigen Stimmen des Widerstands gegen die genetische Manipulation. Sie hinterfragt die ethischen Implikationen dieser Entwicklungen und warnt vor den Gefahren eines Systems, das auf Kontrolle und Macht basiert. Als Lena entdeckt, dass ihre Forschung von einem mächtigen Konzern missbraucht wird, um eine gefährliche Agenda voranzutreiben, gerät sie in einen tiefen Konflikt zwischen ihrer Loyalität zu Mia und ihrem Engagement für ihre Arbeit.

Der Antagonist ist ein skrupelloser Konzernführer, der bereit ist, alles zu tun, um seine Kontrolle über die Gesellschaft zu sichern. Die zentrale Konfliktsituation eskaliert als Lena erkennt, dass ihre Entdeckungen nicht nur das Potenzial haben, das menschliche Leben zu verbessern, sondern auch als Waffe eingesetzt werden können. In einem Wettlauf gegen die Zeit muss sie entscheiden: Schließt sie sich dem System an oder kämpft sie dagegen an?

Die Geschichte kulminiert in einem packenden Höhepunkt, als Lena sich dem Konzern entgegenstellt und versucht, die Wahrheit ans Licht zu bringen. Dabei wird sie mit den Konsequenzen ihrer Entscheidungen konfrontiert – sowohl für sich selbst als auch für die Gesellschaft.

In der Auflösung bleibt Lenas Schicksal ungewiss; es gibt Hoffnung auf Veränderung und eine neue Perspektive auf Menschlichkeit im Angesicht technologischer Fortschritte. Doch die Fragen nach Ethik und Verantwortung bleiben bestehen.

"Künstliche Evolution 2050" ist ein fesselndes Werk für Leser von Science-Fiction und Dystopien. Es regt zur Reflexion über aktuelle Debatten zur Ethik in der Wissenschaft an und beleuchtet die potenziellen Folgen von Machtmissbrauch in einer zunehmend technisierten Welt.